Paraíso Alto

東京創元社

天使のいる廃墟

フリオ・ホセ・オルドバス

白川貴子 訳

目次

天使のいる廃墟

お別れの手紙にはこう書いてあった。
「さようなら。パラダイスを探しにいく」と。

イレガレス

天使の務め

天空のパラダイス、パライソ・アルトへやってきたのは、死のうと決めたからだった。ほかの人たちと同じように。

神の道からこれほど遠く離れたところはないだろう。村はうち捨てられ、辺獄《へんごく》の光に包まれていて、墓には墓標も十字架も立っていない。

パライソ・アルトをめぐっては、いろいろな噂が飛び交っている。なかには間違った話も流れていた。よそ者がやってきても、地面から手がのびてきて足首をつかみ、地の底へと引きずり込まれたりはしなかった。そこで教会に入ってみると、マッチの箱が置いてあった。これを使って信仰心を見出せという意味だろう。そう思い、祭壇のロウソクに火を灯しては燃え殻を投げ捨ててまわり、マッチの箱を空にした。それから、首を吊るのに具合が良さそうな立木を探し、準備万端が整った。ところが、ふと気が変わってしまった。死ぬのが恐ろしくなったからではない。折々に感じていた、もう少し生きていたい気分に負けたからでもなかった。その瞬間に天から神々しい光が降り注いだからでも、喜びに満ちた小鳥のさえずりが聞こえたからでもなかった。ただ、気が変わったというだけだ。

パライソ・アルトには、損なわれることのない悠久の時間が流れている。風は昨日も今日も同じ音色を奏でつづけ、見上げる空にも、希望や安らぎの色は見られない。殺伐《さつばつ》とした丘陵が屍《しかばね》と化した村を見守り、黒いリボンの喪章のように川が流れて、あたりに広がる松林は、さながら寄り集まって号泣している哭《な》き女たちだ。

パライソ・アルトを訪れるのは、命を絶とうと決めた人々に限られている。通りは寂《せき》寥《りょう》として人影もなく、聞こえてくるのは石畳をカラカラと吹き抜ける死んだ言葉だけだ。けれどもそんな陰鬱《いんうつ》な仮面をつけてはいても、パライソ・アルトはその下で微笑《ほほえ》みを浮かべている。

首をくくった者の微笑みを。

ここに到着して間もない日々のことは、ぼんやりとして記憶が定かでない。わたしは無人島に流れついた漂流者のように村をさまよいながら、奇跡でも天変地異でも、何かが起きてくれるのを待っていた。木々が語りかけてくる物語に耳を傾け、石に向かって長々と話をしたりしていた。木や石たちは世俗のしがらみから心を解き放ってくれ、おまえは天使としての務めを果たせと、わたしを説き伏せたのだ。

自殺をしにくる人は巡礼者のように、たいてい徒歩でやってくる。だがなかには、自動車で乗りつけたり、バイクや自転車に乗ってくる人がいる。そんなときはあとで乗り物を崖から突き落とし、〈死に水の池〉に投げ込んでから、タイヤの跡を消しておく。向こうへ渡った人を弔《とむら》うのも、わたしの仕事だ。ここにやってくる人はだれもが歓迎される。墓地にはまだいくらでも余裕があるのだ。

かつてこの村に暮らしていた住人たちは、クローゼットの服もそのままに、テーブルに食べかけの皿を残し、玄関に鍵もかけずに、家を捨てて逃げ去ってしまった。そんなわけで、村役場の向かいにある立派なお屋敷のひとつから、洒落《しゃれ》た仕立ての黒いスーツが何着も手に入った。そこではサイズがぴったりの靴が何足も見つかった上に、オリーブ色をしたおあつらえ向きの帽子もあった。使い古しの鍋かと思うような凸凹《でこぼこ》の頭をしているわたしは、これまで帽子が似合ったためしがなかっただけに、こんなに嬉しいことはなかった。

命を絶ちにやってきた人のなかには、わたしの案山子《かかし》まがいの出で立ちにギョッとする人もいる。

死というものをすこぶる身近に感じているので、今では生きていようが死んでいようが、わたしにとって違いはないも同然だ。相手がどちらの側にいようと関係なしに、胸いっぱいに空気を吸いこんで、歌を歌って聞かせている。

この胸の痛みほど　人生で愛おしいものはない
痛みは膝《ひざ》をついて　うずくまる
柳の枝のように
流れゆく　ときの水面《みなも》の上に

わたしの歌は、聴く人を光で満たすのだ。

天使の務めには、昼も夜もない。

それでもカルメンがいてくれるおかげで、いたって健康を保っている。カルメンが善きサマリア人のようにして、身のまわりの世話を引き受けてくれているのだ。村から五キロほどの街道沿いの家に住み、母親と兄の三人でひっそり暮らしているのだが、洗濯から食事の支度、散髪に髭剃《ひげそ》りまでしてもらっている。ありていに言えば、料理の腕前はうちのお袋ほどではないものの、好き嫌いで残したりすると腹を立てるのは、お袋と変わらない。食事が終わると、歌ってと頼まれる。カルメンがわたしにものを頼むのは、そのときだけだ。そこであの世へ旅立つ者の歌を歌ってやると、いつも目をつむって顎《あご》をふるわせながら、聴き入ってくれている。

カルメンの母親は、無表情で瞬《まばた》きもしない。けれどもわたしの歌を聴くうちに、娘と同じように光で満たされる。籐椅子《とういす》に座っている老女はミイラのようだ。

カルメンはよく、歯に食べ滓《かす》をつけている。年老いたヤギを思わせる匂いもいただけない。とはいえ、カルメンのお気に入りのタロット占いの番組を観ながらその家でくつろぐ時間を、わたしはいささかも嫌っていない。それでも歌を歌い終えると、わたしはそそくさと辞去してくる。カルメンの兄さんがいつ野良仕事から帰ってくるか、わかったものではないからだ。自分のソファに座りこんでテーブルに脚を投げ出し、自分のコニャックを舐《な》めながらタバコまで失敬しているところを見られでもしたら、農夫のごつい手でたちまち首を絞められてしまうに違いない。

トラクターで事故でも起こしてぽっくり逝ってくれれば、願ったりかなったりなんだが。いっそのこと、パライソ・アルトに出向いてきて自分の始末をつけてもらえれば、もっとありがたい。そのときはわたしの歌を歌ってあげて、居心地のいい墓地のひと隅に葬《ほうむ》ってあげよう。

パライソ・アルトへの道のりは長くて険しいことから、死出の旅に出てきた人々は、たどり着いたときには疲労困憊《こんぱい》している。大多数はぐずぐずせずに目的を遂行しようとするのだが、ときには死に急ぐつもりのない人がいたりする。そんなときは、避けられない必然の結末をむやみに引き延ばすことにならないように、苦心して力を尽くすことになる。

春になり、植物王国の若草が萌え立つ季節がやってくると、がぜん仕事が増えて大わらわになってしまう。自殺志望者はどういうわけか、花の季節を好むのだ。毎日とまでは言わないが、少なく見積もっても、一週間にひとりくらいはだれかの相手をするはめになる。カップルでやってきたり、同じ日にふたりほど重なったりすると、じつに複雑な状況になってしまう。その上最悪なことに、四月から六月にかけては墓地に雑草が生い茂るために、執拗《しつよう》に攻撃してくるヤブ蚊《か》やブヨにまとわりつかれてひどい目に遭うのだ。

パライソ・アルトの家々からは、現金も見つかった。山のようなお金のほかに、宝石や銀器も残っていた。しかしわたしにとって何よりも貴重なものは、最後の村長を務めたフエリックス・ラサロという人の日記だった。日記はパン屋の長男が屋根から落ちた日をもって途切れている。いつもネコのように屋根を渡り歩いていたらしいが、ひどい落ち方だったようだ。だが日記によれば、少年は平気な顔で立ち上がると、家に帰っていったという。ことの次第が耳に入れば、父親にこっぴどく棒で叩かれるのを覚悟しながら。

村長から見たパライソ・アルトの日々は、穏やかな暮らしだったとみえる。心の平和をかき乱すものがあるとすれば、一羽のカササギだけだった。たまりかねた村長は、十一月のある日にこう書いている。「毎朝、窓ガラスをつつくカササギにたたき起こされている。私の寝室を棺桶と取り違えているらしい。寝台からにらみつけると、向こうもガラス越しに見返してくる。まだ死んでいないんだぞ、と怒鳴ると、カカカと笑う」

それからひと月後には、もうカササギには眠りを妨《さまた》げられておらず、「いまは娘たちが布団にもぐり込み、キスを浴びせて起こしにくる。まだ死んでいないんだぞ、頼むから寝かせてくれと声を上げると、ケラケラ笑う」と書いている。

それで想像がついた。書かれた文章ではなく、書かれていない部分を手がかりにして、村長の任に就く直前に夫人がみずからの命を絶ったことが察せられた。村長の仕事、娘ふたりの育児に畑仕事もこなしていたのだから、奥さんの写真立てについた埃《ほこり》を払う余裕すら、彼にはなかったのだろう。写真立ては、代わりにわたしがきれいに拭いている。村長夫人の目を見ていると、なんとも言えない気分に陥《おちい》ってしまう。死を歓迎するように喜びに溢《あふ》れた目をしているのだ。あっぱれなこの女性に、歌を聴かせてあげたかったと思う。

底に触れた　とうとう底に触れることができた
輝かしい死の川の

村長は、未来の見えない小さな村に埋もれたままで、娘たちの心が朽《く》ちていくのを恐れていたらしい。「ふたりには、別の空を探しなさいと言い聞かせている。くる晩もくる晩も、棺桶に蓋《ふた》をするように頭上に覆いかぶさってこない、別の空があるところを」。それでも娘たちには、通りの名前を教えてやっていた。〈死に水の池〉がある崖にも連れて行き、ここが村の心臓なのだと教えていた。

パライソ・アルトの住人たちは、最後のクリスマスに特別な趣向を凝《こ》らしたようだ。村の男たちが危険を冒しながら苦労して、教会の尖塔《せんとう》に巨大な五芒星《ごぼうせい》を据えたのだ。電気配線がうまくいかず、明かりをつけることはかなわずに終わっている。村長は東方の三博士のひとり、メルキオールに扮《ふん》し、ほかに仮装を引き受ける人がだれもいなかったため、言うことをきかないロバに荷車を引かせて、ひとりで一軒ずつ子どもたちにプレゼントを配ってまわった。白い顎鬚《ひげ》に変わってしまったのはお父さんに違いないと気づいたとたん、下の娘はわっと大泣きしてしまい、どんなになだめても泣き止まなかったという。
　クリスマスの星は、いまも教会のてっぺんで悪運を撃退する威力をふるっている。

　毎晩子どもを寝かしつけると、村長はタバコを一本ふかしながら、静まり返った通りを散歩していた。夜の散歩は村の心拍に耳をすまし、考え事を整理するひとときだった。それから帰宅して机に向かい、日記をつづった。台所で暖炉の前に腰を下ろして書いていたが、ペンを手にしたままでうとうと眠り込んでしまうことも、珍しくなかったようだ。頁《ページ》のあちこちについているインクのシミが、それを物語っている。
　夢うつつで書いたのか、日記のところどころは支離滅裂で、同じ言葉を何十回と繰り返したりしている。その言葉からすっかり血が抜けてしまうまで書きつづけたとでもいうように。

　村人たちが慌てふためいて逃げ出し、二度と戻らなかったのは、よほど恐ろしいことが起きたに違いない。カルメンに聞いてみても、話をそらしたり言葉を濁《にご》したりして答えてくれない。その態度が見るにしのびないので、聞き出そうとするのはやめにした。大火事でも起きたのかと最初は考えてみたが、近くで火災があった記録は見つからない。すると何が原因だったのだろう。イナゴの異常発生だったのか。それとも放射能汚染？　中性子爆弾でも落ちたのだろうか。それは考えられないだろう。そうだとすれば鳥類も逃げ出していたはずだが、鳥は逃げていないのだ。

わたしは別の見方をしている。

パライソ・アルトは、空飛ぶ円盤をひと目見ようと、全国から人が集まってくる村だった。村の住人みずからが、この村は大昔から未確認飛行物体を磁石のように吸い寄せると語り伝えてきたのだ。宇宙人が引き寄せられてくるのは、村が発している奇怪な光のせいだとみんなは信じていたのだが、分別のある人物だった村長は、その説に意見を差し挟むのを控えていた。宇宙船であれそれに似たものであれ、村長は見かけたことなどなかったものの、みんなを嘘つき呼ばわりするつもりはなかったのだ。

わたしの想像では、パライソ・アルトの住人たちは村長もろとも、宇宙空母に拉致《らち》されたのではないだろうか。あり得ない話ではないと思うのだ。どこかの冷たく暗い矮星《わいせい》へと連れ去られて、異星人の奴隷にされてしまったに違いない。

太陽が照りつけるなかを、こいつは何時間も這いずってきたのだろう。緑の草地にとどまっていればいいものを、おまえは何を好き好んで、〈地の塵《ちり》〉を焼き尽くそうとするような、こんな燃える道にさまよい出てきたのか。どこへ行こうというんだ。わたしはしゃがみ込み、感心しながらその奮闘ぶりを眺めていた。からかってやろうと葦《あし》の茎でつついてみると、体をくねらせ、二股の小さな舌をチロチロ見せつけた。脅《おど》しているつもりだろうが、こっちは痛くも痒《かゆ》くもない。獰猛《どうもう》な抵抗ぶりがかえって痛々しかった。これよりずっと大きなミミズもいたし、ずっと猛々《たけだけ》しいクマバチだって、これまでに見てきたのだ。

地球が滅亡するときがくるとすれば、生き残るのはヘビだけだと、ものの本には書いてある。すべてが滅び去ってもヘビは生き延び、再び地上に君臨するのだという。しかし目の前のちっぽけなヘビは、ヘビ族の王国が栄える日を迎えずに終わった。

撫《な》でてやろうと思い、そっと持ち上げてみた。これよりひんやりした滑《なめ》らかな肌の女性もいたことが思い出された。憎しみのない、同胞愛に近い感覚でヘビと見つめ合った。こっちは嚙《か》みついてくるのを待ち受け、向こうも叩きつぶされるときを待って身構えていた。攻撃を仕掛けてきたのは、向こうが先だった。嚙まれたときは、別れのキスに似た甘い刺激が走った。放してやったが、逃げようとしない。勇敢な姿勢の褒美《ほうび》に、瞬時に死なせてやることにした。だが、近くに適当な大きさの石が見当たらず、すっかり動かなくなるまで何度も石を打ち下ろすことになってしまった。それから小さな穴を掘って埋めてやり、わたしは道を歩きつづけた。口笛を吹きながら。

ヘビは決してあきらめないのかもしれなかった。夜になれば墓から這い出してわたしの足跡をたどり、ついには首に巻きついて絞め上げるまで、そしてわたしの夢に毒を撒《ま》き散らすまで。そんな想像をめぐらせても、べつに恐怖は感じなかった。

住む家が決まるまでは、どれにするかをずいぶん迷った。何軒か試しに寝起きしてみた末に、虫歯の臼歯《きゅうし》をイメージさせる、常識ではかれない建築様式の家に惹きつけられた。大きさがまちまちの小さな窓が三つあり、二つは南を向いていて、ひとつが北向きになっている。ちょうどいい具合に村の入口が見張れるし、墓地のほうを眺めてくつろぐこともできる家だった。

春になると、ほかの家には見向きもせずに、ツバメが巣をかけにやってくる。そのことも、ここで間違っていなかったことを教えてくれている。神の怒りが爆発するとき、皆殺しの御使いから逃れることができるのは、子羊の血をふりかけた家でなく、きっとツバメが巣をかける家だろう。そんな気がするのだ。

家が生気を取り戻せるように、納屋にあった雄牛の血の色のペンキを使ってファサードを塗り直した。余ったペンキで、古い水車小屋の壁に愛のメッセージも書いておいた。

「救いなどないのだ。幸せでいなさい」と。

　以前はどんな人が住んでいたのかは、謎だった。男性だったのは確かだと言える。身長が一メートル五〇センチにも満たなかったらしい。今はわたしが使っているベッドが、せいぜい子ども用を少し大きくしたサイズでしかないからだ。そのせいで足を縮めて横にならなくてはならず、いまだにその姿勢には慣れることができずにいる。雑然とした室内の様子や、電気設備がないこと、それに鏡や置物、本、写真、額《がく》類のみならずカレンダーすら見当たらないことで、ここに暮らしていたのは目が見えない人だったのではないかと考えている。

　この家には、〈暗室〉と呼ぶことにした部屋もあり、よくそこにこもって黙想をしている。太陽の光がまったく届かないその部屋には、ぴったり真ん中にガタつくスツールが一台置いてあり、その上にオオカミの毛のような髪の毛がついた櫛《くし》がひとつと、焦げ跡のあるコーンパイプが置かれていた。

　パライソ・アルトに目の不自由な人がいたのか、村長の日記にはそのような記述は見られない。しかしだからといって、いなかったと決めつける材料にはならないだろう。

　外から帰り、ドアを開けて階段を上りはじめると、家が眠りから目を覚ます。なぜかそんな気がしてならない。家がわたしの帰宅を喜んでいるらしいときは、今にもアリアを歌い出しそうな気配が伝わってくる。そうでなければ、昼寝を邪魔されて怒っているような、妙によそよそしい雰囲気なのだ。そんなときは階段がいやに険しくなって、部屋の壁がぐいぐい押し寄せてくるように感じられ、天井がどっと落ちてきそうな気分になる。それだけでは飽き足らないとでもいうのか、家はわたしの私物を隠したりもする。それはたいてい帽子なのだが、そのたびに必死で捜しまわるはめになる。

ゼラニウムの鉢植えに話しかけていたお袋みたいに、わたしは盲人が住んでいたこの家の壁に向かって話をしている。壁は返事をしないが、お袋だって何も言わないゼラニウムに話しかけるのをやめたりはしなかったのだ。

最初の日から、家が守ってくれているような気がして、ここに住んでいれば悪いことが起きないように思える。それでもときどきは、じつに奇妙な夢にうなされ、だれか別の人の夢に入りこんでいるんじゃないかと思うような夜がある。ことによると、目の見えない先住者の夢が、寝室にその残滓《ざんし》を漂わせているせいなのかもしれない。あるいは悪戯《いたずら》好きのパライソ・アルトの魂が、わたしをからかって喜んでいるのだろう。

パライソ・アルトの住人たちは村を捨てていくときに、新聞、雑誌、手紙や本のたぐいを残らず焼き払っていったのではないか。布をかぶせて食器戸棚の奥に隠してあった、村長の日記のほかには、文字が記されたものは紙切れ一枚見つからなかったのだ。

だがカルメンの家には、一冊だけ本がある。カビ臭い養蜂の手引書なのだが、その本が目につくたびに、聖書の一節について考えさせられている。死んだライオンの体に蜂の蜜《みつ》があったこと、その蜜を食べたサムソンが女運に恵まれなかったことは、何を象徴しているのだろう。本には著者の写真もあり、神父であるその人の顔には仮面のように蜜蜂がびっしりと群がっている。神の創り給《たも》うた生き物で幸せの秘訣を知っているのは、蜜蜂だけだと著者は考えていたらしい。

カルメンによれば、兄さんが持ち帰った本なのだが、蜂が苦手なカルメンは頁《ページ》を開いたことがないという。ずっと昔に、聖人の日に母親に花束を贈ろうと思い、花を摘んでいたときに、耳に蜂が飛び込んできたことがあったそうで、中から蜂が飛び出してくる気がして怖いのだそうだ。

カルメンにも、外へ出て花を摘んだり、蝶を追いかけたり、蜂から逃げまわったりしていた幼い時代があったのだ。しかしそんなカルメンを想像するのは難しい。カルメンは室内植物のような女だ。放っておいても、窓から弱々しい光が射し込んでいれば生きていけるというような。薄暗がりに生きる定めにあるような青みがかった肌は、苦しみや倦怠《けんたい》に震えたことはあっても、喜びのわななきを知らないのだ。

わたしが一家の大黒柱ふうに、自分の手でパンの塊《かたまり》を割くことに無上の幸せを感じているのを、カルメンはよく知っている。わたしも、カルメンの何よりの幸せが、窓ガラスに鼻をつけて街道をやってくる車を眺めることであるのを知っている。まれにしか通らないのだが、街道をやってくる車は、パライソ・アルトの手前に建つ一軒家が目に入ると、目的地が近いことがわかり、スピードを上げて走り去っていく。

カルメンは窓辺に座って歳を重ねてきた。長くつづく街道に人生の道筋を重ね合わせ、満たされた顔をして、一日ごとに存在のかけらを削り落としながら。

ときどき、わけもなく笑ったり、涙を流したりしている自分に気づいてぎょっとすることがある。しかし心配になるどころか、ありがたいしるしだと思っている。それはパライソ・アルトにやってきたときにいくつも引きずっていた、がんじがらめの鎖から自由になれたあかしなのだ。

昔のように口笛も吹くようになった。子どもの頃は四六時中、どこにいても口笛を吹いていたものだった。神に祈ることと詩を書くのをやめたときから、わたしは口笛を吹かなくなっていた。

口笛は吹いても、祈りと詩作はやめて以来そのままになっている。

わたしの笑い声もすすり泣きも、パライソ・アルトは冷ややかに受け止めるだけだ。イラクサに心を覆われたつれないこの村は、何があっても気持ちが揺さぶられたりはしないのだから。

パライソ・アルトには雨が降らない。降るときがあるとすれば、盛大に稲妻が走り、雷が轟《とどろ》く滝のような豪雨になる。小さい頃のわたしは、嵐の空気に触れさせてもらえなかった。黄色い風が、この世の終わりを告げるようにひっそり立ち上ってくると、家の窓という窓を閉めさせられた。大気はビリビリした電気に満ち、魔力にも満ちていた。嵐の空気で死者がよみがえってくるんだよ。わたしを脅かそうとしてそんなことも聞かされた。けれどもわたしは怖がるどころか、麻薬でも求めるかのように憧れをつのらせ、なんとか家族の目を盗んでその空気に触れようとしたものだ。

嵐の空気は、奈落の声を呼び覚ます。聞こえる人にしか聞こえないその声は、こう言っている。救いを求めても、絶望の中でしかそれは得られないのだと。

嵐の空気に触れると、熱に浮かされたようにまだ見たことのない夢の領域へと運ばれてしまう。現実には何も起きていなくても、何が起きても不思議はないような領域へと。

真っ白な髪をした黒ずくめの老女が、刈り取ったアザミがこんもり積まれた手押し車を押している。どこへ行くときもついてくる、白いヤギと黒いヤギに食べさせてやるアザミだ。陽が落ちかかっている。猛暑に見舞われた一日だった。ヤギたちはそわそわしているように見える。嵐が近いのがわかるのだろう。ふいに、乾いたアザミの花が黄色い風になびき、綿毛の雲が巻き起こると、老女とヤギをその中に包みこんだ。

嵐が運んでくる空気は、いつもわたしに綿毛に包まれたあの老女とヤギを思い出させる。いつかそのうちに、天使の任務を離れるときを迎えるのだろう。そのときは、わたしも綿毛の雲に包まれたいと思っている。幼い日の記憶にあるあの老女みたいに。しかし嵐の風がわたしをここから遠いところへと運び去ってしまわないように、願っている。

来訪者と幻と

これまでのところはまだ、偉い軍人や高位の聖職者、政府高官などの埋葬をおこなう栄誉にはあずかっていない。しかし超大物の銀行家か、そうとしか見えなかった人なら、弔《とむら》いを担ったことがある。季節は七月の終わりだった。真っ昼間にスモークガラスのボルボで乗りつけてきたその人は、車から降りてハンカチを取り出すと、サングラスを拭き、額《ひたい》の汗をぬぐった。うだるような暑さの中で、ネクタイを緩めもせず、上着も着たままだった。男は毅然《きぜん》とした足取りで村に入っていき、しばらくするとあてもなく歩きまわるのに疲れたふうに、村役場のアーチの陰に避難した。ズボンが汚れないようにまたハンカチを出し、地面に広げて、そこに腰を下ろした。それから携帯で電話かメールをしようとし、忘れられたこの場所には電波など届いていないのに気がつくと、かかとで携帯を踏みつけた。ひどい状態になった携帯に目を落とし、ほっとしたような笑みを浮かべる。パライソ・アルトの霊が降りたのはそのときだった。男が小刻みに身体を震わせるのが見えた。

そこでわたしは隠れていた場所から姿を現し、握手の手を差し伸べながら挨拶に出ていった。死の御使いをやっていますと名乗ると、それはどうも、と向こうも手を差し出した。ギャングみたいな小粋《こいき》なスーツを褒《ほ》めると、イタリア仕立てに見えても、スペイン製なんですよと言った。テーラードジャケットの丸みを帯びたラペルには、涙形のボタンホールがついている。持っている服でいちばん上等というわけじゃありませんがね、こんな日にこういう場所で身につけるには、これしかないと思ったので。そうですか、とうなずいてみせると、靴はイタリアのものです、とつづけた。ほれぼれするような靴だったので、履いてみてもいいですかと聞くと、もちろんと言ってもらえた。埃《ほこり》っぽい自分の靴を履き替えてから、彼のまわりを少し歩き、踊りのステップを踏んでみた。翼がついた靴だったにもかかわらず、もう少しで足首をくじきそうになった。パチパチ拍手をしたその人は、真面目な顔になり、この靴も一緒に葬《ほうむ》ってもらえるだろうかと頼んできた。必ずお約束しますと請け合い、イタリア製の輝くような靴を返した。

ウァルテル・マルティネスだ。自己紹介をした彼に、わたしのことは、お好きな呼び方で呼んでくださいと応じると、混み合った酒場にいるように声を上げ、君はアスピリンを持っていないか、と聞いてきた。アスピリンだって？　こんなに笑ったのは何年ぶりかと思う勢いで笑ってしまった。笑いの合間をぬって、それよりアルカセルツァーのほうが活気づくんじゃないかな、と喘《あえ》ぎ喘ぎ言ってから、馬鹿笑いに戻った。

笑いが収まらないわたしに腹を立てるふうでもなかったところをみると、躁《そう》病タイプの扱いには慣れていたのだろう。彼はそれから、自分の話をしはじめた。父親が時代遅れの価値観にしばられた実業家で、会社をいくつも抱えて儲《もう》けを上げていたが、家庭も会社のひとつと同じように扱っていたこと、フラストレーションをためこんだ修道女のような母親に育てられたこと。メロドラマの下手な主人公を演じていた別れた妻のことや、金の無心しかしない役立たずの子どもたちのことを。だがタニアという女性には、心をわしづかみにされたのだという。

ああ、私のタニア。彼はため息をついて目を赤くした。

熱があるような気がすると言うので、手を近づけて額をさわると、確かに燃えるように熱かった。ちょっと待ってて。声をかけてから、瓶に泉の水を満たして戻った。

ハンカチを借りて水で濡らし、脂汗《あぶらあせ》を浮かべた額にあててやる。

私は小さい頃に、しょっちゅう扁桃腺《へんとうせん》を腫《は》らしていたんだ。それで熱を出して寝込んでいても、母はアルコールで顔を拭こうとはしてくれなかったし、ベッドの縁《ふち》に腰掛けてうなされている私を見守りながら、寒さを防ぐ帽子やマフラーを編んだりもしてくれなかった。母は、苦しむのは大切なことだと考えていたのでね。人間が落とし穴を避けて崇高《すうこう》な存在に近づくためには、苦しみが必要なのだと。だから苦しみを味わう練習をしなくては、苦しさは心の安らぎを深めてくれるのよ。私にそう言い聞かせてから、子ども部屋の電気を消して、ドアを閉めて出て行った。私は枕を返して冷たいほうにおでこを埋めては、悔し涙にくれて枕と拳を嚙《か》みしめたものだ。母は名前をアンパロといったが、〈庇護《ひご》〉を意味するそんな名前がついたのは、この世に生まれたのは苦しみに耐えるためであって、そのことを片ときも忘れないようにと両親が願ったからだった。タニアが人生に登場してくるまで、私は自然の 理《ことわり》 に逆らおうとは、思ったこともなかったんだ。頭がおかしくなりそうだった。

長い打ち明け話を終えたヴァルテルは咳ばらいをし、アスピリンは持っていないんだね、とまた言った。持ってませんよ、とわたしは真面目な顔で答えた。

自然の理に逆らってもいいと思うきっかけになった女性のことを、もっと詳しく聞かせてくださいよ。そう頼むと、説明してくれた。タニアはアブラハムの妻のサラみたいな女性でね。ずば抜けて美しかったから、周りの女性はサルみたいに見えたものだ。目は全天の星を集めたようにキラキラ輝いているし、胸は私の口に合わせたかのような形をしていて、脚も、子どもに戻って疲れを知らずに遊べるすべり台みたいだった。確かにまあ、声が甘いわけでも、仕草が上品なわけでもないし、手は野良仕事をしているみたいに無骨だったし、足も私の足よりかなりでかかった。だがほかの細かいこともひっくるめて、そういうことを別にすれば、タニアは天女そのものだった。

どんな口をしていたんですか？　私の欲求を汲み出したり投げ込んだりする井戸のようなものだな。思いに沈むように目を半ば閉じながら、彼は答えた。

話題を変えて、スポーツは何かやりますかと尋ねると、ビリヤードをね、と言った。ビリヤードでしたか！　わたしは小躍りして喜び、ひと勝負だけお手合わせしてくださいよと頼み込むと、ちょっとだけなら、と承諾してもらえた。

太陽には用心しないと、すぐにやられちまいますよ。村役場のアーケードから外に出てバルに向かいながら、忠告しておいた。バルにはビリヤードテーブルが一台置いてある。わたしはそこで何百回もひとりゲームをしてきた。酒の一杯でもご馳走できればいいんですが、あいにく一滴も残っていないんで。パライソ・アルトに着いたその日から、わたしが一本ずつ空にしてしまったのだ。

ふたりで五、六回ゲームを楽しんだ。ウァルテルは慎重にねらいを定め、キューを確認してポケットの位置と軌道を計算してから、ショットを放っていた。最後の試合は、それとわからないようにさりげなく、彼に花を持たせてあげた。

それから長年連絡が絶えていた旧友同士が親交を温めるようにして、バルのカウンターに肩を並べて寄りかかった。熱は下がったようだ。そう言うので額に手をあてると、燃えるような熱さは変わっていなかった。

カウンターには埃が積もり、うっすらとか細い線をつけてアリの行列が歩いていた。わたしはペッペッと唾を吐きかけて行列を乱してやった。これほどの暑さだというのに、この村にはなぜ蚊《か》が出ないんだろう。ヴァルテルは不思議がっていたが、そのわけは言わずにおいた。蚊という蚊が墓地に群がり、腐臭を放つ肉片にたかっているからなのだ。

銀行預金をそっくり引き出して車に積んできた。燃やしてしまうつもりだ。そうする以外の方法が考えられるか？　そう聞かれ、それがいちばんですよと答えた。トランクには、札束をぎっしり詰めこんだスポーツバッグが四つ、積んであった。ふたりで札束を地面に積み上げ、火をつけるものがなかったため、車のシガーライターで紙幣の山に火をつけた。札束はラブレターより早く燃えるんだな。灰もそれより少ない。メラメラと巨大な青い炎が上がると同時にその爪がこちらに向かって襲いかかってきたので、ふたりともたじたじと退《しりぞ》いた。ついに最後の札束が燃え尽きると、ヴァルテルはズボンのジッパーを下げて、燃え殻に向けて放尿を始めた。わたしも彼にならい、同じようにした。爽快な気分だった。

わたしと同じ状況に置かれたのがほかの人なら、カルメンの労働に報いてやろうと、せめて札束のひとつくらいは残すようにしたことだろう。わたしもそう考えたのだが、お金が絡《から》むとこれまでの絆が消えてしまうと思われたのだ。カルメンは家の近所をうろついている野良犬に餌を与えるのと同じように、わたしにも食事を作ってくれているだけだった。わたしも野良犬と変わらないのだ。

残り火が消えてしまうと、ウァルテルの表情に影がさした。早いところ片づけてしまおう。そう言うので緊張をほぐしてあげようと思い、白ネズミとアザラシの調教師が出てくるジョークを口にしてみた。確実に笑える話なのだが、ウァルテルはにこりともしてくれなかった。ここへ来るまでの道では、しばらくブタを積んだトラックの後ろについて車を走らせてきたんだがね、と彼は語りはじめた。ブタどもは柵のすき間に鼻面《はなづら》を突っ込み、ヒクヒクさせて外の自由な空気を味わっていた。自分たちを待ち受けている運命などあずかり知らずに。遠足に出かけてきた小学生みたいだったよ。

ボルボは、午後の日差しに車体をきらめかせていた。昔からボルボが好きでね。これほど堅牢な車はほかにないからな。こいつは五年前に買ったんだが、まだ新車も同然だ。そう言うと、ボンネットを指の先で愛おしそうに撫《な》でた。わたしも同じようにした。ボルボの車体は、ウァルテルの額に負けないほど熱くなっていた。

おまえともこれでお別れだな。一緒にずいぶん楽しい思いをしてきたね。彼は車にさよならを告げた。

身悶《みもだ》えする自分の影が見たいから、沈む太陽に背中をむけて死なせてもらいたいと頼まれた。

その日は、夕焼けがいつになく毒々しい赤に染まって見えた。

パライソ・アルトでも、小鳥は世界中の鳥たちと変わらない。人間世界のドラマには興味などないと言わんばかりに、いつも楽しげな声を響かせている。だがその朝は、いつもとは様子が違っていた。怖がっているのか喜んでいるのか、切羽つまったようにけたたましくさえずり交わしていた。起きたてで身体をほぐしていたときに、若い女性が逆立ちでやってくるのが見えた。夢から出てきたんじゃないだろうか。そうとしか思えなかった。あるいはサーカスか、どこかの精神科病棟を抜け出してきたのか。娘はぴょんと飛んで両足で立ち上がった。額にシミがついていた。彼女はそれからよく知っている場所を歩くように、キョロキョロあちこちを見回しながら村を歩いてまわった。

小学校は門が閉まっていた。すると壁を這うブドウの太い蔓《つる》に足をかけ、娘はガラスの外れた窓から中へと入りこんだ。わたしも苦労して門を開けてから、その三十分後に中に入った。ガタがきて錆《さ》びついていた錠が、わたしの持っているひとつしかない鍵をなかなか受けつけてくれなかったのだ。

教室の学習机に腰かけていた娘は、わたしが入っていっても振り向きもしなかった。黒板いっぱいに、さまざまな幾何学《きかがく》の図形が描いてあった。

娘はいい匂いをさせていた。純真無垢の匂い。ベビーコロンの香りがするんだね。声をかけると、あなたはひどい臭い、と言われた。

鼻をつけて自分の臭いを嗅いでみた。そのとおりに違いない。臭かった。

わたしが上着の袖で黒板の絵を消してしまうと、キッと黒い目で睨《にら》みつけ、くたばっちまえ、と悪態をついた。学習机から下りて小学校を出て行ったので、わたしも門を閉め、袖のチョークを払い落としてからあとを追った。

瓦礫《がれき》をのせた土壁の縁で、娘はまた逆立ちになると、両手を使って端から端へ行ったり来たりしはじめた。うなじにコウモリのタトゥーがあり、腕が動くと、コウモリも翼を広げていた。そのコウモリはなかなかいいね。感想を伝えると、どのコウモリ？　と聞き返された。コウモリのタトゥーは全部で六か所にあるのだと言う。それぞれが違う種類のコウモリで、首すじについているこれは、ブタ鼻コウモリ。そう説明してくれた。このパライソ・アルトにもコウモリはたくさんいるが、ブタ鼻コウモリはいないな。それにここじゃ春の訪れを告げにくるのはツバメじゃなくて、コウモリなんだ、とわたしも教えてやった。

土壁から飛び降りて、わたしから半メートルほどのところに着地するなり、あなたの血を味見してもいい？　と娘は聞いてきた。痛くしないから大丈夫。わたしを安心させると、返事も待たずに二つの牙をわたしの首に突きたてた。確かに、ちっとも痛みは感じなかった。むしろその反対に、心地よかった。ワクワクするような感覚といってもいいくらいだった。なんだか酸っぱい味、赤血球が不足してるのよ、と手の甲で口をぬぐいながら娘は言った。噛み痕に指を置いてから舐《な》めてみたが、べつに酸っぱい味などしないと思った。お袋がよくおやつに作ってくれた、ブラックベリージャムみたいな甘い味がした。小学校が終わって外に出てくると、分厚い食パンにそれを塗って渡してくれたものだ。

そのあとしばらくの間、娘の額についているアザが鮮やかさを増したように見えた。わたしの血をすったせいだったのかもしれない。

水浴びがしたいと彼女が言うので、川へと案内した。服を脱ぐと、タトゥーのコウモリがいっせいに飛び立ち、娘のまわりをひらひら飛び交っていた。

幼い少女の体つきをして、肌が妖精のようだった。

川の妖魔たちが娘を迎えてお祭り騒ぎになったため、彼らと遊んでもらっているすきに、わたしはリンゴをもぎに行き、まだ赤くなっていないリンゴをふたつ、手にして戻った。

娘は草の上に寝転がっていた。その胸にキスをして足の指をしゃぶり、髪の毛をつかんで頭を泥に押しつけてやりたい。無性にそう思ったが、そんな気持ちを押し殺してリンゴを渡した。

小さくかじりながら、ふたりでリンゴを食べた。娘の手首にはいくつも切創がついていた。リンゴの芯《しん》を土に埋めてから、娘は脱いだ服を身につけていき、わたしは平たい石を川に投げて水切り遊びをしながら、服を着るのを待った。

歩くのに飽きちゃった。娘はまた逆立ちになり、こうやって手を使って歩いていれば、おんなじ失敗は繰り返さなくなるの、と言う。さすがにそんなことはないだろうと思ったが、足に向かってそんな議論をするのは、間が抜けすぎている。正直にそう口にすると、何をバカなこと言ってるの、と一蹴された。足だって顔と一緒で、悲しみも喜びも、苦しみ、怒りだって、ちゃんと表現してるんだから。その証拠を見せてあげると言うので、そんなお遊びにつきあうのはごめんだと辞退しておいた。わたしの足は、疲れたり辛抱したりのお定まりの表現しかできないんでね、とつけ加えて。

でも君の足はずいぶん感覚が豊かなんだな。キスしてもいいかい?

いいよと言ってもらえたので、両足にうやうやしくキスをした。

あたしの話を聞かせてあげる。お願いだから途中でさえぎらないでよ、と言われ、大丈夫だと口にチャックをする真似をしてみせた。あたし、修道院の女子学校を追い出されたの。それに公立の中学校も。高校ではもっと悪いことになって、先生たちはあたしを毛嫌いしてたし、あたしも先生たちが大嫌いだった。自分のこともね。ひとりだけウマが合う先生がいたんだけど、きっと、だれともうまくやっていけない先生だったからだと思う。ラミーロっていう名前の、高校の低学年に文学を教えてた先生。シラミがたかってるみたいに顎鬚《あごひげ》をボリボリひっかくし、服も着替えないもんだから息がつまりそうなタバコと汗の臭いをさせていて、みんなにブタ野郎って陰口をたたかれてた。女生徒が座っていた机の角に股《また》をこすりつけたりしていたから、ヘンタイとも呼ばれてたな。でもヘンタイ呼ばわりしてた当の本人たちが、試験のときにわざわざ胸があいた服を着ていって、質問をするために先生を呼び止めては、自分たちの胸を見せつけてたんだけどね。あたしは作家の惨《みじ》めな人生やら、滑稽《こっけい》としか思えない文学作品のタイトルやらには、ちっとも興味がなかった。課題図書もまったく読まなかったけど、テーマが自由な毎週の作文だけはちゃんとやってた。いちばんよく書けた何人かは毎回声に出して読み上げてもらえて、あたしはいつだって最初に読まれてたの。作家を偉大たらしめるのは、夢で見る銀の糸を、現実世界の針の穴にとおす腕前なんだ、先生はいつもそう言ってた。学期が終わるまで二か月を切っていたある日、クラスのあとで部屋に来るように、先生に言われたの。居残り勉強をさせて、なんとかして単位を認めようとしてくれたのね。あたしには文学の才能があるらしかったけど、『ラ・セレスティーナ』の作者も言えないようじゃとても単位はやれないと言われて。授業が終わってみんなが帰ってしまってから、先生の部屋に行き、おそるおそるドアをノックした。くわえタバコで出迎えた先生に、入って座りなさいって言われたから、椅子にかけたら、ブツブツお説教を垂れながらあたしのまわりを歩いていたのが、そのうちに息遣いが荒くなってむっとする臭いが迫ってきた。そして太い指がナメクジみたいにぬるっと首筋を撫でるのを感じた。でも、どういうわけかそこで手を止めて、出ていきなさいと命じられたわ。ドアを開けて出ようとしていたとき、明日また来てもらえるかな、と言うのが聞こえた。

それで、あたしは根が素直なもんだから、次の日も言われたとおりに部屋を訪ねた。昨日のことを謝るつもりなんだろうと思っていたら、ドアを閉めたとたんに飛びかかってきて、よだれでベトベトにされた。自分にはあたしをもてあそぶ権利があるとでも思ってたのよ、ネコがボロ人形で遊ぶみたいにして。だけど、ボロ人形は、机に巨大なホッチキスが置いてあるのが目に入ったから、それを取り上げて何回もネコの頭を殴りつけてやったの。それでやっと鉤爪《かぎづめ》から自由になることができた。

高校にはあれ以来、二度と戻っていない。成績は家に送ってもらったし。文学以外の科目は全部落としちゃった。

　おでこにアザのある娘は、ちょっと言葉を切ってから、またつづけた。あたしの大事なその先生は、それから数か月後にはもっとましな世界へ旅立った。ホッチキスで殴られたからじゃなくて、原因は進行性の肺がん。あたしは奥さんの顔が見てみたいと思ったから、そのためだけにお葬式に行ったんだけど、ご主人が死んでもまったく平気な顔だったわね。それからはちょくちょくお墓に行くようになったんだけど、墓碑《ぼひ》に唾を吐きかけるとかそういうことじゃなくて、墓地にいると気持ちが落ち着くのがわかったから。そこにたくさんいた野良猫とも、すぐに仲良くなれた。お墓に行くときは忘れずにドッグフードを持っていくことにしてたわ。キャットフードよりずっと美味しいんだから。門をくぐると、あたしを待ちかまえていたみたいにミャアミャア言いながら駆け寄ってくるの。墓地の中で、サイズも毛の色もまちまちのネコたちを十匹から十五匹くらい、ぞろぞろしたがえて歩くのは楽しかったな。でも、みんないなくなっちゃった。だれかに毒を盛られたんだと思う。それであたしは、この世界は反対にして見るほうがいいってことに気がついたというわけ。コウモリみたいに逆さになって。だから逆立ちで歩くようになったの。最初は墓地の中だけでそうしてたんだけど、練習を積んでからは、他のあらゆる場所でもね。

　作文はつづけてきたのかを聞いてみると、ぜんぜん、と答えた。現実世界の針でうっかり指を突いちゃって、夢の中の銀の糸がぷつんと切れちゃったから。

パライソ・アルトの墓地にもネコはいる？　いないけど、君が望むなら毎晩ネコの声で鳴いてやるよ。そう答えると、そんなことしてくれなくてもいいよ、と彼女は言って、足の先で笑顔になった。

その日、空は一日中まがまがしさを隠そうとしていなかった。村を包んでいたのは厄災の光、ほれぼれするほど凄烈《せいれつ》な大嵐の前兆だった。わたしはそわそわして、村長の家にある揺り椅子をポーチに持ち出し、そこに腰を下ろして待っていた。いまにも壮大なスペクタクルが幕を開けようとしているのだから、なにもかもを余さず見ておきたかった。

ところが突然のことにぎくりとして、もう少しで椅子から転げ落ちそうになってしまった。関節がはずれた人形みたいに、ギクシャクよろめき歩いている人影が目に入ったのだ。ごしごし目をこすって見直すと、老爺《ろうや》がひとり、坂道を上ってくる。落ちはじめた雨を避けようとして傘を差しているのだが、傘が風にあおられてひっくり返っていた。老人はぜいぜい息を切らしながら、びしょ濡れになってポーチにたどり着いた。やれやれ、まだ生きている。信じられないという顔で言い、ふーとため息をついた。どうやらそのようですね。揺り椅子に座らせて、わたしが着ていた上着をかけてあげた。老人はたちまち寝入ってしまった。外は荘厳なまでに凄まじい嵐になった。

老人を起こして村長の家の中に避難し、いくつかロウソクを灯してから、並んでソファに座った。老人は袖口から葉巻を一本取り出すと、鼻に近づけてうっとり香りを味わい、吸うかね？　と聞いた。反対側の袖口にもう一本隠し持っているのだろうと思い、ええ、と答えたが、葉巻はそれしか持っておらず、半分にちぎって渡してくれた。礼を言い、こんなに高価な葉巻なのにそこまでしてもらわなくても、と恐縮すると、なあにいいさ、と受け流して、ロウソクをこっちへ寄越してくれと頼む。ロウソクで火をつけ、もうもうと煙を吐き上げながら、半分ずつの葉巻をふたりでふかした。煙でゴホゴホむせかえるたびに、老人は悪態をついていた。マリファナの葉っぱ模様をあしらったハンチングをかぶっていた彼に、どこで手に入れたのか聞いてみると、甥《おい》が贈ってくれたのだと答えた。

それにしても、どうやって袖口から葉巻を取り出せたのだろう。それを尋ねると、にやりとして彼は言った。魔術師たる者にとっては、自然現象だって自分の身体と同じくらいに自由自在なのさ。あなたはまさか、魔術師なんですか？　ああ、何を隠そう、かのアンドレウ・ディスがこのわしだ。本人としては精一杯の凛《りん》とした声だった。それじゃ、あのニンジンの魔術師？　老人は顔中をほころばせてそうだと答えた。おぼろげな記憶から、素朴なマジック番組のテーマソングがよみがえってきた。五歳か六歳そこらの子どもを魅了するメロディ。わたしもテレビにへばりついていたそんな子どものひとりだった。番組の名前が思い出せずにいると、助け舟を出してくれた。〈アブラカタブラ〉という番組に出ておった。当時の白黒テレビに色の洪水を流し込んでやったもんだ。退屈な毎日を過ごしてる連中やら神様に祈るだけの連中、スペイン全国の家庭に魔術の魅力を送り届けてね。みんなわしに夢中になっていたもんだ。毎日どっさりファンレターが舞いこんでな。まあ返事を出していたのは、病気の子どもか、後腐れのない独身のご婦人だけだったがね。終わりかかった葉巻を最後に吸いこみ、老人はまたゴホゴホ咳き込んだ。

それから息を整え、最初のきっかけにさかのぼって、魔術師になった道のりを聞かせてくれた。まだ十一歳にもならなかった時代、修道会が運営する小学校で学年末のパーティをしたときに、手品を披露《ひろう》したのが始まりだった。本名はアンドレス・ディアスといったが、アンドレウ・ディスという芸名に変えた。そのほうがインパクトがあると思ったからだそうだ。六〇年代の終わりから七〇年代にかけて、テレビで引っ張りだこの人気者になってね、子どもたちがわしのロボット風の歩き方を真似していたもんだ。それだけじゃない、このアンドレウ・ディスはみごと奇術を成功させるたびに、袖の下からニンジンを出して美味そうに食っていたんだよ。だもんだから、子どもたちのニンジン消費量が急上昇さ。ところが彼はその後いろいろなものに手を出して依存症になってしまい、成功の道を台無しにしたという。生まれ故郷に帰り、しばらくは結婚式やら洗礼式やら、誕生会、聖餐式《せいさんしき》、村祭りなどをまわって糊口《ここう》をしのいでいたのだが、ウサギもハトもシルクハットから出てきたがらないので、怒った子どもたちにニンジン、野菜、果物のあらゆるものを投げつけられた。情けないわ悔しいわで涙が出たよ。それなのにあのガキどもは、わしが打ちのめされて舞台に倒れ込むまで許してくれなかった。

救急車で病院の心臓外科に担ぎこまれたとき、アンドレウ・ディスはしばしのあいだ心臓の動きをとめてしまい、医療スタッフを青ざめさせた。それが、彼の演じた最後から二番目の魔術だったのだそうだ。

そのあとは魔術師組合から経済的支援を受けて、介護つきの施設に入所することになった。それは生きて外の世界に戻れた人がひとりもいなかったことで、〈アルカトラズ〉と噂されていた施設だった。

アンドレウ・ディスはほどなくすると、脱出してやろうと考えはじめた。自由を手にするためには頭を働かせるしかないことを、よく承知していた。そこで世話係の女性たちの信頼を獲得し、まだすっかりボケてはおらず、なんとか身体を自由に動かせる一握りの老人たちを共謀に巻きこんだ。甥の協力と励ましも、支えになったという。

そうは言いながら、アンドレウ・ディスにとって施設はなかなか居心地のいい場所でもあった。ベッドは毎日きれいに整えてもらえるし、食事も食べられるものが出た。冬は凍えるほどではなかったし、夏も耐えられない暑さにはさらされずに過ごすことができた。しかし死ぬほど退屈だった。だれもカードの遊び相手になってくれないからだった。手品を使ってふんだくる魂胆《こんたん》だろう、とみんなに決めつけられ、手品はイカサマとはまるで違うといくら説明しても、だれにも信じてもらえなかったのだ。

施設の老人が園内の庭で散歩をしたり日光浴をしたりしていると、村の悪ガキどもが面白半分に石つぶてを降らせてきた時期があった。アンドレウ・ディスも攻撃の被害者になった。しばらく頭に包帯を巻かれていたときだった。包帯が脳みそを絞り上げてくれたのがよかったのかもしれない。怪我をしていたあいだに、それまでに挑んだことのないような大胆なトリックがひらめいたのだという。それは正々堂々と正面玄関を出て行くトリックだった。窓からこそこそ抜け出すなんて、ふつうの連中が考えそうなやり方はわしには性《しょう》が合わないからね。そんな卑怯な手段には芸術性がないじゃないか。老人はそう説明した。

復活祭が近づいていたので、アンドレウ・ディスはマジックショーを披露したいと施設長に申し出た。施設長は二つ返事で承諾し、必要なことがあれば喜んで協力するとまで言ってくれた。いよいよマジックショーの当日を迎えると、アンドレウ・ディスは盛大な拍手を浴びながら舞台に進み出た。やんやの大騒ぎで沸きかえる講堂で、冗談を交えながら簡単な手品をふたつみっつやってみせ、観客を引きつけた。やがてみんながすっかり心を奪われているのを見て取ると、剣を取り出した。魔術師がよく使うサーベルではなく、正真正銘のトレドの刀剣を、助手が差し出した両手にゆっくりともったいぶってあずけると、さあ、一撃でこの首をばっさり刎《は》ねてくれと命じた。助手は言われたとおりにし、アンドレウ・ディスの頭はころころ舞台を転がった。首のないアンドレウ・ディスはだらだら血を流しながら、かがみ込んで自分の頭を拾い上げ、ボールでも運ぶように両手に抱えて講堂を横切ると、中央廊下をスタスタ歩いて外に出た。あとを追ってくる勇気のある人はひとりもいなかった。それから待機していた甥の車に乗り込み、パライソ・アルトに向かってもらいたいと告げたのだった。甥は承知しました、と引き受けてくれたが、いったいそれはどこにあるのかまったく知らないと言われ、アンドレウ・ディスは洒落《しゃれ》た町なんかじゃないと伝えて、道順を説明した。村の近くまできたところで、ここでいいと告げて車を降りた。脱出のトリックに使った頭が車のトランクに積んであったことで、あれはどうしたらいいんですか、と尋ねた甥に、わしに聞かれても困る、博物館に持っていっても、その辺のドブに捨てちまっても、ジャガイモ畑に埋めるのでもいいさ、施設長への贈り物にしてくれてもいい。そう言いおいてきた。

ロウソクがふっといっせいに消えてしまい、間もなくまたひとりでに燃えだした。狐につままれた顔つきのわたしを見て、老人は嬉しそうに相好《そうごう》を崩した。幻影を創り上げるのが、魔術というもんさ。椅子を立つのに手を貸して、一緒に外に出た。膝《ひざ》まで沈みこむほどのぬかるみができていた。老魔術師はわたしの腕につかまって足を運びながら、ふたりで松林に向かった。

嵐が通りすぎた松林は、電気に満ちて、松の木立がひそひそ悪態を飛ばしていた。うまく手綱がさばけないいんなら、精霊を呼び出したりするもんじゃないぞ。老人がそう言うので、疲れ切っているせいで錯乱《さくらん》気味なのだろうと思った。

もう一時間ほどで夜が明ける時刻だったが、わしはそれまで待つなんてごめんだねとアンドレウ・ディスは言い張った。修道会の小学校ではマジシャンを演じる前に、天使の役もやったことがあるんじゃよ。あのときの白い羽を取っておけばよかった。あれがあれば、ここを去るのに羽を広げて飛んでいけたんだがな。そのあとには、つづく言葉はなくなった。トリックも消えた。墓地は泥沼と化していたため、墓穴を掘るのに苦労はいらなかった。わたしはそれから手を洗い、しらじらと明けはじめた空のもとでベッドに入った。ひと仕事終えた充足感を味わいながら。

この村へ骨を埋めにやってきた有名人は、アンドレウ・ディスだけではないのだが、名前を列挙するのはやめておく。そんなことをすれば、どっと人が押し寄せることになってしまう。それでも、わたしにとって忘れがたい日もあった。ブレンダ・スターがパライソ・アルトに姿を見せたときのことは、忘れられない。

夕暮れどきに、いつものように物思いにふけりながらぶらぶら通りを歩いていたわたしは、腹の調子がすぐれなかった。カルメンが作ってくれた雌鶏のペピトリアソース煮込みがいけなかったのだ。いまいましいその鶏肉が何時間も腹の中で暴れまわっているので、この悪魔を追い払ってくれるエクソシストが現れてくれますようにと念じていたときだった。まあ、重炭酸水をひとさじ飲めばすむ話だったのかもしれないが。

足音が響いてくるのに気がつくよりも早く、魅惑的な香水の香りが漂ってきた。その香りは、わたしをたちまち青春時代に引き戻した。高校の授業をさぼって、いい匂いをさせている女の人を追いかけながら、町をほっつき歩いていた時代に。匂いに触発されて限りなく空想が広がっていたものだった。香りを嗅ぐだけで、その人が家庭や仕事で幸せかそうでないかがわかる。そう考えていたほどだ。

鼻孔を左右に開け放ち、わたしは流れてくる匂いに浸りこんだ。あれほど純粋な興奮がよみがえってきたのは、何年ぶりだったろう。

その人が視界に入ると、ひと目でだれだかわかった。サングラスをつけて、ヒールの靴を履き、黒いストッキングに、身体にぴったりしたサクランボ色のミニワンピースという出で立ち。夕焼けに照らされて髪が燃えているようだった。わたしは駆け寄り、足もとにひざまずいた。その人に片足で押しのけられたときは、至福の唸《うな》り声がもれた。

わたしが前にしていたのは、切ないまでに焦がれていたあのブレンダ・スター、何万人という男たちの憧れの女性だった。「トラック乗りの聖母」、「汚れた喉」、「調教師」。ピンク映画のたくさんの名作に出演していた時代の、爆発するような赤髪はいまでは残っていなかったが、過ぎた時間の痕跡も、整形手術の傷痕もあからさまには認められなかった。彼女の肢体《したい》はいまも危険に満ち満ちていたし、その顔も、男を骨抜きにする悩殺的な怪しさを放ちつづけていた。

ここへはタクシーでやってきたのだが、運転手があけすけな質問や卑猥《ひわい》な含みのある言葉を浴びせかけてくるので、バッグに拳銃が入っていることを教えて、脅《おど》してきたという。

そのバッグを開けるのを見て、拳銃を取り出すのかと思ったが、手に取ったのは口紅と小さな手鏡だった。ひどい顔になってるでしょう？　と唇を塗り直してから、口紅と手鏡をバッグに戻した。

のどかな田園は想像していなかったけれど、パライソ・アルトを見たら鳥肌が立ったわ。こんなに殺伐《さつばつ》としたところに来たのは初めて。マカロニ・ウェスタンのセットみたいね。あなたは説教師なんでしょう？　保安官にもアウトローにも見えないものね。そう言われて、人は見た目じゃわからないもんですよ、と小さな声でもごもご言い返した。

パライソ・アルトでは、地上のどこよりも胸が躍る夕焼けが見られるんです。そう教えてあげると、サングラスを外して空を見上げた。上空ではまた新たな魔女の集《つど》いが繰り広げられていた。太陽が紫のマントに身を包み、その周囲では生贄《いけにえ》のヤギを取り囲むようにして、雲が舞い踊っている。彼女の手を取り、耳もとでわたしの歌を歌って聴かせたい。そうしたい誘惑がこみ上げてきたが、まだそのときではなかった。それで、彼女が日没の乱痴《らんち》気《き》騒ぎを見つめて心を奪われているあいだは、靴のつま先で地面を蹴ることに専念していた。

腹痛も収まってはいなかった。五分で戻りますから、と断り、土壁の裏にまわってげえげえ吐いてきた。十五分ほどして引き返してみると、彼女は地面に倒れていた。ヒールが折れて転んじゃった。足首を捻挫《ねんざ》したみたい。靴とストッキングを脱がせてやり、痛めたところをさすってあげた。どうしても下着に目が吸い寄せられてしまうのを、止めることができなかった。気に入った？　とスカートを少し持ち上げて聞いてきた。それはもう、と答えると、ブレンダ・スターは語ってくれた。母さんは、あちこちのお屋敷で掃除婦をしていたの。いつも私を連れて行ったから、母さんが陶磁器を磨《みが》いたりして働いているあいだは、引き出しをのぞいて時間をつぶしていた。その家の女の人たちがつけている下着は、母さんやお祖母さん、伯母や近所の人たちのなんの色気もない下着と比べて、なんてセクシーなんだろうといつも思っていたものよ。うちの周りでは、洗濯紐に吊るしてある下着なんてどれもこれも、布巾か雑巾と間違えてもおかしくないものばっかりだったから。

ウィリー・ナバハは、いまはどうしているのかを聞いてみた。何十本も映画を共演した相手役で、彼女とは長年の固い友情で結ばれていることで知られている人だ。二年前にあの世へ行ったわ。シャム猫のアンバー一世、アンバー二世とアンバー三世を私に遺して。ネコは大好きなんだけど、あの子たちの悪さにはもうこりごり。ドレスもカーテンもビリビリにされたし、それだけじゃ足りないみたいに、私のいい人までひとり残らず追い散らすんだから。いつまでもご主人を捜してニャアニャア鳴いていたわ。ウィリーがまだ生きていて、すべてが彼の仕組んだ冗談だったと私に信じさせようとしているみたいに。頭がおかしくなりそうだった。

ウィリーはゲイだったけど、女性を幸せにする秘訣を心得ていたのね。あとでそうも言っていた。そうするためのツールが備わっていたんですね、と返すと、そういう意味じゃなくて、ウィリーは人一倍思いやりのある人だったのよと説明した。

思いやりですか？　ウィリー・ナバハが？　「トラック乗りの聖母」の忘れられないシーンが浮かんできた。ガソリンスタンドで男たちに襲われていたブレンダ・スターをウィリー・ナバハが助け出し、自分のトラックに乗せてやって、大音量で音楽を流しながら、灰色の砂漠の果てしない道を飛ばしていく。廃車の集積場にさしかかると、ウィリー・ナバハは音楽を消し、エンジンを切る。ブレンダ・スターが唇に舌を這わせてから、どうすれば助けてもらったお礼ができるかしらと聞くと、ウィリーは彼女をトラックから降ろし、バンパーに縛りつけて、陵辱《りようじよく》の限りを尽くす。バイクで通りかかったパトロール警官ふたりもそれに加勢する。ラストシーンでは、神の怒りは肉が焼ける匂いでしか鎮《しず》められない、ブレンダ・スターがそう言い放ち、ガソリン缶に浸したバーナーをウィリーに向けて突きつけるのだ。

空では星がざわめいていたが、月は静かに微笑《ほほえ》んでいた。ブレンダ・スターはわたしが手を貸そうとしたのを断り、ひとりで立ち上がった。足を引きずりながら教会の広場にたどり着き、石造りのベンチに一緒に腰を下ろした。わたしは持っていた一輪の花を彼女に差し出した。何日もポケットに入れて持ち歩いていたその花を、彼女は奇妙なものでも見るようにして見つめながら、ぺちゃんこで匂いもしない、へんなお花。でもなんだか憎めないわね、と言った。それから五分ほどすると、花は捨てられ、踏みつぶされた。

わたしはビデオショップにいたことがあるんですがね、いちばん人気があったのはあなたの映画でしたよ。そう言うと、そうでしょうね、と返ってきた。オスカーを受賞する夢を何度も見たわ。オスカー像を受け取った私は、会場に詰めかけた人たちに向かってこう言うの。話をするのは苦手なので、受賞の挨拶はやめておきます。私が得意なのは、枕を交わすことだけです。ですから今宵《こよい》、この場の私は、殿方でもご婦人でも、ご希望があればどなた様でもお相手をさせていただきますわ、って。夢ではそんなスピーチをしていたわね。

あなた、愛って信じる？　わたしに聞いて、返事を待たずにつづけた。愛はすべてのみなもと、源泉なのよ。そしてついと唇を寄せてくると、わたしの口を軽く嚙んだ。死人にキスするなんて生まれて初めて。そう言うので彼女の手を取り、股間へ運んで訂正した。わたしの知る限り、死んでいたらここは大きくならないでしょうな。私はそういうことをするためにここへ来たんじゃないの、と彼女は手を引っ込めた。
星々の緊張が月にも伝染しているのが見えた。そのときがきたらしい。わたしの歌を歌って聴かせるときが。

この胸の痛みほど　人生で愛おしいものはない……

なんだかミサ曲みたいね。歌い終えるとそう言われ、ミサ曲でなく戦争の歌だと教えた。わたしの肩に頭をあずけてきた彼女の髪を撫でると、指先に小さく電流が走った。私の映画で相手役をやるとしたら、どれを選ぶ？　ポルノ俳優なんてわたしにはとうてい務まりませんよ、と正直に答えた。それでも、特別に惹かれていた一本を挙げろと言われれば、「汚れた喉」になるのは間違いなかった。ブレンダ・スターの溢《あふ》れんばかりの魅力が、ほとんど至高の域にまで昇華していた映画だった。
歩けますか？　魔法から覚め、現実に戻って聞くと、ええたぶん、でも抱き上げてくだされば嬉しいわと言う。そうしようと努めたが、石を詰めた袋のようにずっしりと重かった。

まれに、歌いながらパライソ・アルトにやってくる人がいる。だれにも会わない道中で、孤独の不安をまぎらわせようと歌を歌うのだ。たいていそれは、子どもの頃に親しんだ歌になる。わたしもときどき、童謡を歌ってしまう。意外に思わないでもらいたい。

その男は、歌いながらやってきたのではなかった。横笛を吹きながら現れたのだ。

演奏が終わったところで拍手を送ると、当然のような顔をしてそれを受け止めた。

わたしが問いかけた質問は、すべて横笛で答えが返ってきた。口が利けない人なのだろうか。それとも頭のネジが外れているのか、わたしをからかっているのか。彼の目をのぞきこんだときに、最後の想像はあてはまらないのがわかった。

パライソ・アルトは、笛の音色を浴びて小刻みに震えていた。そんな状態がつづけば、村は迷妄《めいもう》に陥《おちい》り、底知れない奈落へと沈んでいくかもしれなかった。

遠くから来たのかと尋ねると、長々とした余韻《よいん》を響かせて答えた。その音でわたしの心臓にはヒビが入り、ボカンと粉砕されてしまった。

　彼の横笛は、どこかで売られているようなありきたりの横笛ではなかった。骨で作られたもので、指の長さにぴったり合うようにできていたところを見ると、手作りしたに違いなかった。材料はヒツジの骨でなく、シカの角でもないことを、あとで教えてくれた。ハゲワシの翼の骨を使ったのだという。ハゲワシの翼をノコギリで切り落としている場面を思い浮かべた。羽根をむしってから最適の骨を選んで、骨髄《こつずい》を抜き、しかるべき場所に穴を開けて、飾りにケルトのシンボルに似た模様をつけたのだ。片翼になって死んでいるハゲワシ。なんと哀れな死体だろう。

　なにか明るい曲をやってくれないかと頼み、壊れたロボットみたいに連れ立って、ふたりでこの道からあの道へと、村のあちこちをほっつき歩いた。そのうちに疲れ切り、クワの木の下に座って、小さな焚《た》き火を起こした。すると横笛の音に合わせて炎が揺れだし、凄まじい勢いで舞い踊りはじめた。

　人生とは炎のようなものだ。横笛の音色はそう語っていた。ある程度の年齢に達すると、炎には人生の思い出が重なり合ってくる。そんなことを考えながら、わたしは暖炉の前に座っていた祖父母を思い出していた。わたしはふたりにはさまれてふいごで風を送り、火かき棒で燃え殻をかき出していた。何時間も飽きずに火と戯《たわむ》れていたわたしの傍《かたわ》らで、祖父は煙を見つめて葉巻をふかし、祖母は流し台と暖炉を行ったり来たりしていた。暖炉の火はわたしにいろいろなことを語りかけ、わたしは感嘆とほんのちょっぴり恐れの入り交じった気持ちで、それに聞き入っていたものだ。

横笛の音が止むと、炎も動きを止め、たちまちにして勢いを失ってチロチロ燃えるだけになった。

しばらく沈黙がつづいたが、どちらもそれを不快には感じていなかった。やがて彼はわたしに横笛を手渡し、吹いてみないかとうながした。というより、吹けるもんなら吹いてみろと、挑戦されたというのに近かった。そこで挑戦を受けて立つことにした。横笛が奥にひそむ暗いものをそっくり引き出してくるのではないかと、わたしは内心不安だった。しかし息を吹きかけると、生き生きとした色合いの温かい音が流れ出し、炎も再び活気づいて、先ほどに勝るとも劣らない激しさでメラメラとまた踊りだした。

見ると、彼は汚れた顔に子どものような大粒の涙を流していた。男はブーツを脱ぎ、くつ下をとると、ズボンの裾を巻き上げた。あれほどあちこちにタコができている汚らしい足は、見たことがなかった。それからいきなり、焚き火に駆けこんでいった。火を踏んで吠えるような声を上げながら男は踊り、わたしはハゲワシの骨に息を吹いて魂をさらけ出しつつ、それまでに数えるほどしか味わったことのない愉悦《ゆえつ》の境地に浸っていた。

焚き火を離れると、男は地面に崩れ落ちた。それでも力を振り絞ってわたしの手から横笛をもぎ取り、火のなかに投げ込んだ。横笛は炎に包まれた魔女のように身体をねじり、金切り声を上げていた。

それからわたしは死体運搬用の手押し車を取りに行き、彼を乗せて川辺へ連れて行った。川の水で足を洗ってやり、火傷《やけど》の痛みが和らぐように泥で湿布をしてやった。これで話せるようになったな。そう言うと、何を話せばいいのかわからないと答える。頭に浮かんできたことを口にすればいいだけだ、と励ました。

彼はポケットから折りたたみナイフを出し、刃を開いてから、わたしに向かって命令するような調子で川岸に茂る葦《あし》を指差した。そこでナイフを受け取り、いちばんほっそりとした葦を切り取って渡してやった。その葦で新しい笛を作りながら、彼は語りはじめた。

初めて女の人の膝に手を置いたときのことは忘れちまったが、初めて横笛をもらったときの手触りは、忘れられない。長い療養生活から退院したときに、母さんが買ってくれたんだ。そんなことをしたのをすぐに後悔してたがな。俺は自分の部屋に閉じこもって、何時間も横笛ばかり吹いていたからね。横笛を吹いているときだけは、気持ちが落ち着いたんだ。早起きして、小鳥みたいに音を出して一日を迎える習慣もついた。

小鳥がうらやましいぜ。しばらく黙っていたあとで言った。いまだにパラダイスにいるみたいにして歌ってるんだからな。

日本に旅行する夢がかなわなかったのが残念だと言っていた。日本の笛には、人間の生死を分けている薄衣を剝《は》ぎ取る力があるんだぜ、と。

ご先祖たちは、武器を作るのと同じ材料を使って、同じ手で楽器を作っていたんだ。俺は武器は作ったことがないが、そうしようと思えば武器だって作れるだろう。葦笛を作り終え、具合を試す前にそう言っていた。

わたしの歌も聴いてもらえないか。申し出ると、疑わしそうに顔をしかめて承諾した。川の水でうがいをして喉の調子を整え、存在のいちばん深いところから歌うと、彼が葦笛で伴奏をつけてくれた。ポプラの木々もさわさわ喝采《かっさい》を送りながら、われわれの演奏に聴き入っていた。

終わりに、感謝と友愛のしるしに、彼の口にキスをした。汚れのないキスを。思いもよらなかった行動に面くらい、顔を赤らめた笛吹き男を見て、わたしは声を上げて笑った。狼狽《ろうばい》から立ち直った彼に、ナイフを返してくれと言われてしかたなく返してやると、刃を開き、人差し指の腹を這わせた。リンゴの皮むきに使うようなありふれたナイフだったが、その刃は魚売りの包丁に負けないほど鋭く研いであった。

俺はずっと、右手の小指を切り落としてやろうと思っていてね。失くしてしまうと、何かと不便になるんだが。特に横笛を吹くときにはな。切らずにおいたのは、幻影が見えたからだった。切り取った指が、ちぎれたトカゲの尾みたいにくねくね動いているんだ。そして餌に向かうミミズみたいに、這いずって進んでいやがる。いまは切り落とさずにいてよかったと思うぜ。どの指も欠けていないのを一本ずつ数えて確かめるように、両手をかざして見つめながら、彼は言った。

右手の小指が欠けていたのは、親父だったんだ。いつ、どこで、どうしてそうなったのかは、一度も聞かなかった。聞いたところで、答えちゃくれなかっただろうがな。

わたしは口を挟んで言った。小さいときのわたしも、近所に住んでいた六本指というあだなの人を怖いと思ったりしていたよ。なぜかはわかるだろう？

俺の親父は、怖いというより、心が歪《ゆが》んでいるのがむしろ哀れだった。夢のなかで、俺は親父が失くした小指を見つけるんだ。それを親父に渡してあげると、欠けているところに戻そうとするんだが、うまく合わなかったり、くっつかなかったりで、そのつどかんしゃく玉を破裂させて俺に怒りをぶちまけていた。

指を切り落としてくれと頼まれたりせずにすんだことで、わたしは胸を撫でおろした。だがまた歌ってくれないかとは、頼まれた。喜んで、と引き受けたわたしに、彼は再び葦笛の伴奏をつけてくれた。

その葦笛はいまでも捨てずに取ってある。しかもお守りみたいに、いつでも持ち歩いている。しかし音はあの日以来、出していない。ナイフもずいぶん役に立ってくれている。ここで命を絶った人たちのために木に名前を彫りつけるときも、そのナイフを使っている。最初に刻みつけたのは、この人の名前だった。川岸のいちばん立派なポプラの木に、刻んである。ホセ・カンセルと。

目に入ったその人は、〈黒い十字架〉で腰を下ろしていた。そこで、足音を忍ばせてそろそろ後ろから近づき、息が聞こえるほどになったところで、わたしをお待ちかな？　と話しかけた。わたしの声を聞いた彼女は身体を震わせ、飛びかからんばかりに抱きついてくると、熱烈にキスをしてきた。

と言いたいところだが、本当のことを言えばそんなことは起きなかった。〈黒い十字架〉に座っていたのは嘘じゃない。こっそり近づき、背中に向かってわたしをお待ちかな？と聞いたのも事実なのだが、その反応がまるで違っていたのだ。声を聞いて飛び上がった彼女は、小石を拾い上げ、わたしの額に痛烈な一撃を食らわせたのだった。

意識が戻ったときは、彼女の腕に抱かれていた。胸の柔らかい感触で、赤ん坊みたいなヨダレが出てしまった。彼女が温かく微笑んだときは、身体が震えた。ひどい怪我をさせちゃった？　聞かれて、ぜんぜん、と答えると、笑みを浮かべたままでわたしの額に手を置いた。それだけで、額の怪我も心の傷も、ぴたりと出血が収まり、痛みも消え失せた。いつまでもそうしていたかったのだが、片脚がしびれてきちゃったと言われ、しかたなく膝から下りた。

〈黒い十字架〉で何をしてたんだい？　改めて聞いてみると、何か起きないか、待ってただけよと答えた。

パライソ・アルトに列車が走っていたのは、ずいぶん昔のことだ。駅舎も線路も、もはや痕跡をとどめていないほどの時間が経っている。すっかり亡骸《なきがら》めいているものの、残っているものといえば、転轍手《てんてつしゅ》とその家族が住んでいた家だけだった。

転轍手の家があるのは〈黒い十字架〉からさほど離れていない場所だったため、行ってみないかと誘ってみた。それほど行きたそうには見えない反応だったが、行きたくないとも言わなかった。

並んで歩いていると、お腹が空いて死にそう、と訴える。道沿いに青い花があるだろう、その花びらを噛んでごらん、と教えてやった。信用しない顔だったので、花を一輪摘み取り、花びらをむしって口に放り込み、噛んでみせた。といってもそれを装っただけで、悪魔が植えたとしか思えないこの花の苦さときたら、蜜蜂《みつばち》でさえ近づかないほどなのだ。なんて甘いんだろう、腹が満たされる、そう言うとわたしの言葉を信じて彼女もひとつかみ、口に入れた。そして間もなく、ぺっぺっと吐き出した。食べられたものじゃない花びらをようやく口から出し終えると、嘘をつかれるのは大嫌い、と文句を言った。わたしだって石で殴られたりするのは好きじゃない、これでおあいこだ。

ふたりとも疲れきって、転轍手の家にたどり着いた。家のありさまを目にした彼女はぞっとしたように、ドアをくぐるのを拒んだ。空き家に入るのって、墓穴に入るのと変わらない気がするのよ。なあに大丈夫さ、わたしはドンと背中をついて彼女を中へと押し込んだ。

どうしてこんなところに連れてきたの？　悪魔の儀式でもやってあたしをバラバラにするつもり？　それもいいかもしれないね、と答えてやった。彼女はタバコと巻紙を取り出し、ごく細い紙巻きタバコを自分とわたし用に二本作り、火を持ってる？　と聞いた。マッチが一本あるよと答えると、マッチの匂いは嫌いなのと言う。わたしは好きだがな。そう言ったものの、マッチが湿っていて使えず、ふたりともタバコは吸えずに終わってしまった。

不幸なお姫さまみたいな名前なんだな。そんな感想を言ったのは、ディアナという名だと聞いたからだった。わたしの初恋の人は、ウェールズのダイアナ妃だったんだ。そうなの、王子さまに憧れたりするのは女の子だけだと思ってたけど、その逆もあったんだ、と感心された。トイレの床にお袋が読みかけの雑誌を置いていたんだが、どれにもこれにもあのお妃さまが載っていたものだったな。青白い顔をしたあの人のいろいろなところが好きだったんだ。寄る辺のない人だった。

崩れかけた屋根に巣をかけているハトが、クウクウ鳴いていた。しばらくふたりで耳を傾けた。パライソ・アルトを訪ねてきた理由をだれかに問いただしたりしたことは、一度もないのだが、彼女には聞いてみた。すると指で顎を掻《か》きながら、この場所があたしを呼んでるから、と答えた。

そんな言葉を聞いたのは初めてだ。

お母さんがよくそう言ってたの。いつも不満ばっかりこぼしてたから、そのうちに不満が追いつかないほどの人生を歩むはめになったのよ。

そう言ってから目に涙をにじませたが、あたしは泣いたりしないと言い、その言葉どおりに彼女は泣かなかった。

二階へは、ハトの糞《ふん》におおわれた滑りやすい階段を上がらなくてはならない。二階の窓にあった破れ目から、村を眺めわたすことができた。村は腹痛でうずくまる子どもみたいに、遠くに縮こまって見えた。

転轍手には子どもが三人あったことを話した。いちばん上がラファエル。真ん中の子がフアン。末っ子はカルメンシータといって、三人とも小柄で痩せっぽちだった。どうしてそんなことがわかるの？　ディアナが聞くので、以前は台所だった場所へ案内し、子どもたちの名前と背丈がエンピツで書きつけてある、隅の壁を見せてやった。

ここで暮らして、通り過ぎる列車を見て、毎日空の雲を眺めていられたら、これほど幸せな子ども時代はなかっただろうな。彼女にそう言うと、あたしだったら、一晩も安心して寝られなかったと思う、と怯えた顔をしてあたりを見回し、わたしの手を取ると、滑らないようにそろそろと階段を下に向かった。

村に戻る道を歩きながら、彼女は言った。あなたって、あたしのつきあっていた人によく似てる。君もわたしの以前の恋人にそっくりだよ。あたしたち、愛しあっていたのに。そんなことは何の保証にもならないさ。あなたはその彼女のどこがいちばん好きだった？目の下のソバカスだな。君は彼氏のどこがよかったんだ？　あの人の歩き方ね。地面を踏まずに歩くの。アニメーションに出てくる幽霊みたいにして。

わたしは彼女の先を歩きながら、いつもの歌を口ずさんでいた。後ろで笑い声がするので振り向くと、ディアナの悪戯《いたずら》にどきりとさせられた。セーターを首までまくり上げた格好で、あなたの彼女も、こんなおっぱいだった？　と笑い転げながらのたまう。ああ、とうなずいてみせると、砂を巻き上げてだっと逃げていった。苦労して追いついてから、頭がどうかしちまったのかと言うと、怖いの、とつぶやいた。腕に抱きしめているうちに、知らず知らずふたりで踊りだしていた。互いの信頼を取り戻そうとする長年の恋人同士のように、わたしたちは踊っていた。

なかなか上手じゃないの。あたしの足を三回踏んづけただけだし。それはキスをするタイミングだったが、そんな衝動はわたしの責任感に押さえつけられ、額に落ちかかっている髪をそっとかきあげるだけにしておいた。彼女の髪は、カラスの羽のように黒々としていた。あなたって、いつもそんなに真面目くさってるの？　わたしの帽子をひょいと自分の頭にのせて言う。返してくれ。そう頼んだら、仰せのとおりに、と言った。

ふたりで〈黒い十字架〉に腰を下ろした。パライソ・アルトには幽霊など出ないし、ここは呪われた村でもない。絶望に沈んでいるだけなんだ、と説明した。君にも絶望の声が聞こえるか？　聞いてみると、聞こえる気がすると言った。パライソ・アルトを苦しみから救ってやる方法は、ひとつしかないんだ。燃やしてしまうんだったら、手伝ってあげると言うので、ふたりとも火を持っていないことを思い出させてやらなくてはならなかった。

わたしの膝にあずけた彼女の手は、爪がブルーに塗られていた。正面にはほとんど葉を落とした一本の木が立っていた。小鳥が決して羽を休めない木があるんだよ。これがそのひとつだ。指差して教えたが、ディアナはもうわたしの言葉を聞いておらず、心が別のところへ行っていた。わたしの鉤爪で彼女の手を取り、立ち上がるのを助けてあげた。足が震えちゃう。目をつむって楽しいことを考えるようにアドバイスすると、どんなことを考えればいいの？　と聞く。裸の木に、色とりどりの風船がいっぱいに飾ってあるところなんかを。まぶたにキスをしてそう伝えた。

天空は嵐を起こして、大地に秘密を語らせる。秘密の隠し場所を暴き出すのだ。しかし秘密があらわになっても、勘を働かせるか、それを見て取る幸運に助けられるのでなければ、それと知ることができないものだ。秘密は宝物のように見えるとは限らないので、雨に打たれた地面の千変万化の色模様に、目をくらまされてしまうだろう。

それでわたしも、大嵐が通りすぎたパライソ・アルトを探偵よろしく調べまわっていたときだった。藪《やぶ》の中からだれかに見られているような気配を感じ取った。だれだ、そこにいるのは？　大きな声で呼びかけると、だれでもないよ、と男性の声が返ってきた。拳を振り上げ、ただじゃ置かないぞという意志を示してみせたが、その必要はなかったようで、入れ違いにひとりの男が両手を上げながら茂みから姿を現した。頑健な体格の背の低い男は、平和にいきましょうよ、と言ってきた。

顔の上半分はカーテンを下ろしたように黒い髪におおい隠されていて、両眼も半ば髪に隠れている。だがそれ以上に目を引くのが、その口髭《くちひげ》だった。

まるでドイツのあの偉大な哲学者、フリードリヒ・ニーチェみたいな髭だな。感心すると、哲学なんて言われたってわかりませんよ、手前はバーテンダーですからね、と言う。だったらバルへ行こうじゃないか。礼儀正しく力強い握手で挨拶を交わしてから、先に立って案内すると、思ったほど嬉しそうな顔ではなかったが、素直についてきた。

バルには喉を潤せるものはまったく残っていないんだが、わたしがバーテンダーをやるから、君は客をやってくれたらいい。道々そう提案すると、理解できないという顔になり、役割交換の提案は却下されてしまった。男ならこの世界で自分の立ち位置ってものを大事にしなきゃいけません。手前の立ち位置は、バーカウンターの向こうですからね、と言って。

バルに入ると、驚きで目を輝かせた。こっちの瓶は中国のものじゃないですか。トカゲ酒。こいつは精がつくんですよ。二日酔いが死にそうにつらいんですがね。彼は瓶を手に取り、一本ずつカウンターに並べていった。どの瓶にも、干からびた黄色いトカゲが一匹ずつ入っていた。

露《つゆ》のしずくを飲む小鳥を、見たことはありますか？　中国人はそうやって酒を飲むんです。世界中で中国人ほど、繊細な飲み方をする人たちはいませんよ。こういうえげつない酒を飲んだりするのも、得意ですけどね。それに比べりゃロシアの連中は……ロシア人に酒を飲ませるのは、たちまち脱線して好き放題に突っ走っちまう蒸気機関車に、石炭をくべるようなもんだ。

彼はカウンターの一角をきれいに拭くと、説明を抜きにしてコカインで三本の筋を引いた。二本は自分用、もう一本はわたしのためだった。

白い粉を吸い終わってから、鼻の下に少しついてるよと教えてやると、口髭に舌を伸ばして粉を舐め取った。

ニーチェもどきの口髭を生やしたバーテンダーは、自分はベルリンの西側にあったホテルのバーで、五年にわたって働いていたのだと打ち明けた。今の自分の性格や歩む道を形づくったのが、その五年間だったという。ホテルのバーに来る客は、どういうわけか、黒い森《シュヴァルツヴァルト》かバイエルン・アルプス地方の人が、八割から八割五分を占めていた。夕食の前後にバーのとまり木に座る彼らは、ほとんど会話を交わさなかった。カクテルを作り、白ワインをグラスに注ぎ、ジョッキにビールを満たしていると、プロの仕事をしている彼に敬意を表し、客は気前よくチップをはずんでくれた。バーテンダーに心理カウンセラー役や告解の聞き役や、涙を拭いてくれるハンカチ役を求めるようなことはせず、沈黙の時間を大切にして、プロとしての仕事をしてもらいたい、それがお客さんたちの願いだった。

それでも、いつも代わり映えのしない弦楽協奏曲が流れているバーで、無言で酒を飲んでいる人たちを見ていると、ドイツ人ほど頭の中がまがまがしい連中はほかにいないんじゃないかと、よく思ったものだった。

彼は言葉をつづけた。青臭い世間知らずだったんだ。生きるということに意義を見つけてやろうと思っていた。ホテルからかなり遠いところに共同で部屋を借りていて、店が閉まると夜道を歩いて帰るんだ。ドイツ人の不屈の精神や、防空壕にみられるマゾヒズムのことなんかを考えていると、身体がホカホカして力が湧いてきた。ドイツ人は暗いところを怖がらないんだ。だから夜道にも照明はわずかしか灯っていない。ベルリンの暗くて寒い、どこまでもつづく道を歩くのは、精神面だけじゃなく、身体にとってもいいことだった。故郷を出てくるときに、向こうは寒いだろうからと、親父が青師団時代に自分の着ていたコートを持たせてくれたんだ。親父は南スペインのハエン出身でね。義勇兵になってロシアへ行ったときに、冬ってのは地元の神父が言っていた燃えるような赤じゃなく、凍りついた白だったのを知ったんだな。ロシアからは無事に生きて帰ってこられたんだが、厳しい冬を過ごしてきた影響を、親父はずっと引きずることになっちまった。ベルリンではこのコートを着ていると、よくロシアのものと間違われた。どういう由来かその英雄譚を話すと、一緒に飲もうと誘われては、例の愛国心あふれる歌を斉唱させられたもんだ。

気が滅入っちまう歌だが、ドイツ人は酔っぱらうとすぐあれを歌いはじめる。

　ホテルのすぐそばにポルノ映画の制作会社ができてから、バーの雰囲気がどんどん悪くなっちまってね。行儀の悪い長髪の一団が出入りしはじめると、穏やかな雰囲気の常連たちは足が遠のいていった。哲学者風の口髭をつけたスペイン人のバーテンダーも、格好のからかいの的になった。新顔の客たちはカクテルを作る気取った格好やジョッキを満たす手つきを揶揄《やゆ》したり、彼を〈闘牛士《トレーロ》〉と呼んだりした。酔っ払いのドイツ人が口にするその言葉には、壁にゲンコツを食らわせるのと同等の破壊力がある。そいつらは一マルクたりともチップを置かなかったばかりか、飲み食いした分の勘定すら、たびたび踏み倒していた。ある晩、ついに忍耐力が限界にきた〈トレーロ〉は、カウンターを飛び越えると、俳優のひとりの髪をひっつかみ、その顔にビールを一リットル浴びせかけた。それから相手を引き倒して顔を床に押しつけ、大事なところを蹴り上げもした。その場にいたほかの連中は仲裁にも入らず、傍観していただけだった。

　バーで働いて貯めていた貯金は、女とビールとコカインに使い果たし、空のポケットと破れた夢を道連れにして、彼はヒッチハイクでスペインに舞い戻った。帰路の旅では幸運と呼べるできごとに助けられた。ライプツィヒからボルドーまで、行程の大部分を、老いぼれのフランス人がハンドルを握っていたおんぼろのトラックに乗せてもらえたのだ。トラック運転手の老人は、自分と背丈が同じくらいかもっと背の高い女と結婚すると、どれほど不便をきたすことになるかを、彼に話して聞かせた。老人の忠告は実体験にもとづくものだった。自分より十歳若くて、十五センチ身長が上回っている妻がいる老人は、妻とのあいだに三人の子どもがいたのだが、家に帰るたびに、手に負えないメス虎と爪をたてて飛びかかってくる三匹の子虎に対面する日々だった。トラックを走らせる時間をできる限り引き延ばそうとするようになったのは、そういう事情があったからだった。ひとつおきにサービスステーションに立ち寄っては、乗せてもらった男とふたりでへべれけになるまで酒を飲み、泥酔して重なり合ったり肩を寄せ合ったりしながら、トラックの座席で眠り込んだ。明け方の光が射し込んできて目が覚めると、一緒にトラックを降りて軽食堂に入り、洗面所で顔を洗ってからコーヒーを一、二杯飲んで、タバコに火をつけ、旅のつづきに戻るのだった。ボルドーに近い小さな村落で、老人はトラックを停めた。ふたりは喉をつまらせてそこで抱擁《ほうよう》を交わし、別れてきた。

　スペインに入ると、真っ先に父親に会いに行った。借りたコートを返すため、そして金の無心をするために。父親はしぶしぶ金を出してくれたが、チップのように忠告をふたつ加えるのも忘れなかった。ひとつ、接客業でつつがなく歳を重ねたいと思うのなら、酒には金輪際、一滴も手を出すんじゃないぞ。ふたつ、その口髭は剃り落とせ、と。それで酒は断ったが、コカインはやめていなかった。口髭についても、父の忠告を聞き入れなかったのは見れば明らかだった。

　彼はつづけた。人はだれもが、自分のなかに小さな墓場を抱えていると言われてますがね、この胸のなかには、墓だけじゃない、バルも入ってるんです。それも気取ったバルじゃない。薄汚くて居心地のいい、ここみたいなバルが。

　カウンターの向こうにかかっていたカレンダーを指し、埃を払ってみろよとわたしが言ったので、そのとおりにした彼は、目を輝かせた。上半身になにもつけずにジョンディア製のトラクターに乗っている、金髪美女が現れたからだった。

　高揚した気分は間もなく消えてしまい、彼は言った。これまでの歳月は、油ジミのついたしわくちゃの紙ナプキンと変わらない気がする。スペインのバルで見る、カウンターの床に積もったあの紙ナプキンと。わたしは慰《なぐさ》めてやろうと思い、聖書の〈喉が渇いている敵にも飲ませてやりなさい〉をやってきたってことは、慈悲の善行とやらを実践してきたってことだ。だからキリストのおわします天には、君のための一平米がきっと用意されているよ、間違いなく、と言葉をかけた。彼は口髭の下で笑った。だったら地獄のほうがいいや。天国じゃコカインが手に入らないだろうからな、と言う。地獄に行ったりすれば、給料がもらえず誇りも持てずに、休みなくバーテンダーをやらされるだけなんだぞ。もう少しでそう言いそうになったが、このときだけは分別を働かせて口をつぐんでおいた。

バルを出ると、ラブソングに出てくるような月が空にぽっかり浮かんでいた。ピストルを持っていたら、ふたりで標的にして穴だらけにしていたに違いない。そんな月だった。

フェリックス・ラサロの日記を読み、この村の人たちが火に強く惹かれていたのを知ることができた。冬至になると教会の広場で盛大に火を燃やし、老若男女が集まって、そのまわりで飲んだり食べたり、カード遊びをしたりしていたらしい。お年寄りたちが引き上げ、火勢が衰《おとろ》えてくると、若い男女が歌ったり踊ったりしていたという。

ともあれ、わたしもこの村の住人に違いないのだから、伝統を守り、冬至の焚き火を絶やさずに継承する責任があると思うのだ。

空想に過ぎないことはわかっているが、焚き火はパライソ・アルトに生きる喜びを取り戻してくれるんじゃないかと、よく想像している。

しかし焚き火を準備するのはなかなかの重労働だ。木を伐り出して、薪《まき》を割り、それを広場へ運んでこなくてはならない。薪割りをするときは、丸太でなく敵の首を刎ねていると思いながら斧をふるえば、かなり楽しい作業になる。

勢いよく燃える火は五、六メートルの高さに達することがある。どこかでだれかがこの輝きを目にとめているのだろうか。これが見えた人は何を思うのだろう。そんなことも考えたりする。

そうしたある晩のこと、焚き火の前に座っていると、わたしの名前を呼ぶ声がした。炎の力が記憶の底に埋もれていた声を呼び覚ましたのだろう。そう思っていると、また聞こえた。それはアニータ叔母さんの声に違いなかった。

わたしは立ち上がり、いくぶん芝居がかった仕草で、ここへ来て座ってください、と声のほうを手招きした。最初に見えたのはふたつの目で、闇の中で不安げに揺れていた。

叔母はわたしの両頰にひとつずつキスをした。顔が氷のように冷たかった。それから両手を火にかざした。わたしが覚えている手よりいっそう骨ばって、細長くなっていた。身体が温まるとタバコに火をつけ、何回か立てつづけに吸いこんでから、こんなところで知っている顔に会えるなんて、思ってもいなかったよと言った。こっちも親戚が訪ねてくるなんて思ってもいませんでしたよ、とわたしも答えた。

記憶をたどり、アニータ叔母さんに最後に会ったのは、クリスマスの食卓を囲んだときだったのを思い出した。だれかがうっかりテーブルクロスにワインをこぼしたときに、叔母はポタポタしたたるワインに指先をひたし、悪いことが伝染《うつ》らないようにおまじないよ、と言って、テーブルにいた全員の額にそのワインをつけてまわった。

親族が集まるおめでたい席ではいつもそうだったが、その晩も出だしからつまずき、しまいにはもっと悪いことになってしまった。それはこぼれたワインのせいだけじゃなかったのだった。

前はそうでもなかったのに、いまじゃあんたは、お父さんに生き写しだねえ。お父さんと同じ目をしている。ケモノの目だね。ケモノって、どのですか？　イタチだよ。答えはすぐに返ってきた。叔母さんはイタチを見たことがあるんですかと聞くと、テレビでしか知らないと言う。パライソ・アルトにもかなりのイタチが生息してますよ、今だって三、四匹はこっちをうかがってるでしょう。叔母にそう教え、しかし火が燃えていれば近寄ってきませんから、安心してくださいとつけ加えた。

叔母が一服しているあいだ、わたしは焚き火のなかから枝を抜き取り、宙にクルクルまわして燃えるスパイラルを描いていた。

アニータ叔母さんは一族の変わり者だった。叔母には、われわれのような気性の荒い血は流れていなかった。叔母の母親は出産時に亡くなってしまい、わたしの祖母のレメディオスが乳を与えて叔母を育てた。祖母もまた生まれて数か月の幼い息子を失くしたばかりだったのだ。叔母さんはちっちゃくて、ネズミくらいの大きさしかなかった。祖母はよくそう言っていた。それでも歯と爪を立てて命にしがみついて、生き延びたんだよ、と。生まれたばかりの赤ん坊が歯でしがみついたりできるんだろうか。祖母には言わなかったが、そんなことがあるはずはないと思っていた。それは全力を尽くすという意味の慣用表現だったことを知ったのは、ずっとあとになってからだった。

あんたが小さかった頃に、よくチョコレートをあげていたんだったね。覚えてる？ 叔母に聞かれた。忘れようと思っても忘れられませんよ。なかでもいちばん甘い思い出ですからね。そう言うと、叔母は心から嬉しそうな笑顔になった。

アニータ叔母さんの父親は、村いちばんのお金持ちだった。家も村いちばんの豪邸だったが、いちばん陰鬱《いんうつ》な家でもあった。自分用の個室を与えられていた叔母は、もうひとつ、遊び部屋と呼ばれていた秘密の小部屋も持っていた。それは大人には入ることができない部屋だった。理由は単純、全体が縮小されたサイズの空間だったために、大人には入れなかったからだった。

アニータ叔母さんは小さいときも、村の子どもたちと外で遊んだりはしなかった。いつも自分の秘密の小部屋で、見えない友だちを相手にして遊んでいた。成長してからその部屋に入れなくなってしまったのは、叔母にとってずいぶんつらかったことだろう。小部屋の見えない友だちやぬいぐるみの人形たちが、永遠に封印されてしまったのだから。叔母の父親が、遊び部屋の小さなドアを塗り込めてしまったのだ。叔母はチャンスをうかがい、村を出ていった。

焚き火はパチパチと激しく火の粉を巻き上げていた。もの思いにふけっているように見えた叔母は、われに返り、あんたは、そうしたいと心から思っていたのに、そうする勇気がもてなかったことは何かある？　とわたしに聞いた。思い浮かばないな、と答えると、私は小鳥屋にいる鳥かごの小鳥を全部逃してあげて、色とりどりの鳥が飛び交う極彩色の雲に包まれて、鳥たちと歌ったり笑ったり、泣いたりしたかったわ。そう打ち明けた叔母に、パライソ・アルトにやってくる前に住んでいた町のことを話した。夕方になると毎日、木の格好をして平屋根の屋上に立っていたお爺さんがいましてね。木でなければ、アンテナか彫像の格好で。小鳥たちが自分にとまってくれるのを待っていたんです。それなのに収穫といえば、近所のハトが落としていく糞だけだった。

叔母は束ねていた髪をほどいて、ブラシで梳《と》かしはじめた。赤々と燃える火に照らされ、ブラシは金色に輝いて見えた。手伝いますよ、と声をかけると、お願い、と言われた。きれいな髪ですね。褒めると、母もきれいな髪をした人だった、十九歳で結婚したそうだけど、そのときに髪を切らされたんだよ、と叔母は話してくれた。悲しみの聖母さまに捧げるためにね。母が死んでしまってからは、父に連れられて毎週のように、〈悲しみの聖母〉

の礼拝堂に通ったものだった。母と同じ、長くてつややかな、若々しい黒髪をした聖母像の前にひざまずいて、父とふたりで泣いていた。

焚き火が消えようとしていた。寒いね。叔母がつぶやいたので、毛布を取りに行った。持ってきた毛布を肩にかけてあげると、ここで会えるのがわかっていたら、チョコを持ってきてあげたのにねえと言っていた。

北風の到来ほど、わたしにとって恐ろしいものはない。全世界の怪物どもが示し合わせていっせいにパライソ・アルトに風を吹きかけ、この地上から抹消しようとしているんじゃないのか。そう思えるほどの勢いなのだ。それほどの猛烈な大風に耐える力を、村はどこから引き出しているのだろう。風が根負けして降参し、ひゅうひゅう吹き荒れる音が静まるのを待つあいだ、わたしは外へ出ずに、ねぐらで丸くなっている。

北風が吹き抜けていったあとには、道ばたのあちこちに落ち葉の吹きだまりができている。こんもりした落ち葉の山の散らばり具合には、なにか大切なメッセージが隠されているのではないかと勘ぐっているわたしは、暗号の意味を解き明かそうと頭を絞ることになる。ちょうどそんな解読作業に専念していたときだった。針金でできた人形みたいな男が、落ち葉の山に手を突っ込むのが見えた。枯れ葉を一枚引き出して目の前にかざし、しげしげ眺めてから、なんて美しい、とつぶやいている。

手にした葉っぱを襟のボタンホールに飾り、それから周囲を見回してわたしに気がつくと、難破船の漂流者が船に出合ったときのような挨拶を送ってきた。

近づいてくる男を見ながら、あの上着はどこから引っ張り出してきたんだろうか、死人か案山子《かかし》から引き剝がしてきたみたいな上着じゃないかと思っていた。

おいらは歩く影というもんです。男はそう自己紹介した。

安らぎが共にありますように、とわたしも挨拶を返した。

針金人形みたいな男は、アルコールの臭いをぷんぷんさせていた。酒を飲むのは嫌いじゃないが、酔っぱらいには我慢がならない。こういうふざけた調子の手合いは、なおさらだった。そうはいっても、わたしの務めはナイトクラブの用心棒になることではない。パライソ・アルトには「お客様のご入場をお断りする場合がございます」などと書かれた看板は掲げられていないのだ。

一緒に飲んだり話したりできる場所はありませんかねえ、文明人同士で、と聞かれ、バルが一軒ありますがね、酒は一滴も残っていないから期待しちゃいけませんよ、と答えた。彼は信じようとせず、この目で確かめてみないと、と言う。バルへ案内し、嘘じゃなかったのを知った男は、なんでえ、空き瓶の墓場じゃねえかとわめいて、腹立ちまぎれに瓶を一本つかみ、壁にたたきつけた。運が悪いことにはね返ってきた破片が鼻にあたり、顔が血だらけになってしまった。死にかけた動物みたいに悲鳴を上げているので、わたしのハンカチを渡して血を拭けよと言ってやった。死ぬような傷でなかったことがわかり、興奮が収まった。

顔を洗えるように泉へ連れて行った。泉の隣は村の洗濯場になっている。水が涸れて久しいために壁には亀裂が入り、すき間にクモの巣がかかっていた。洗濯場を目にした男は、考え込む顔つきになって言った。ここには村の女たちが集まっていたんだな。ひとりもん、奥さん、後家《ごけ》さん、だれもが家庭の罪をここで洗い流してたんだ、汚れものに風をあてて。それでも、海の水をそっくりかき集めてきても、洗い清めることのできない罪もあるんだ。シェークスピア劇に出てくる登場人物みたいな口ぶりだったが、それを口にしたのは、ただの酔っ払いピエロだった。

男は顔を洗うと、胸もとに挿した枯れ葉を泉の水に落とした。葉っぱが水面《みなも》にとどまって動かないのを見ると、小石をのせて水の中へと沈めた。

戦争に駆り出された馬たちのことを、考えたことはあるかい？　彼はそんなことを言い出してわたしを驚かせた。戦場で乗り手を失ってしまった馬たちのことを。傷を負って、どこへ行くあてもないままに、来る日も来る日も、知らない土地をさまよい歩く。そのうちにオオカミの群れに襲われるか、飢えた人間どもの餌食《えじき》になるんだ。

歌うから聴いてくれるか。男はやがてわたしに頼んだ。初めてマリファナを知ったときに流れていた歌で、そのときから雲のように頭にまとわりついて離れないんだという。

全身を耳にしているよと答えると、彼は拳を握りしめて、闇の国の神が鋼鉄の歯をみせて笑う歌を歌い上げた。

わたしの歌を聴かせるときがきたようだった。彼に歌ってもかまわないかと尋ねてから、何千という観客を前にしているように、半眼になりながら、わたしは歌った。

この胸の痛みほど　人生で愛おしいものはない
痛みは膝をついて　うずくまる……

歌い終えて目を開けると、男の顔に二筋の涙の跡がついていた。彼は上着の袖で涙をぬぐい、自分で作った歌なのかと聞いた。いや、厳密に言えば、夢のなかに出てきた人が教えてくれたんだ。それを書きとめたというだけさ。

こんなに美しい曲を聴いたのは初めてだと感動し、もう一度聴かせてもらえないかと頼むので、一緒に歌うのだったら喜んで、と承諾した。光栄だという彼と、声を合わせて痛みの歌を歌った。そのあとでわたしを抱擁しようとしたのは、遠慮しておいた。同性の相手と抱き合うのは、昔からどうしても苦手なのだ。

カエルを捕まえるから手伝ってくれよ。そう言われてまた驚かされた。ここじゃカエルは死に絶えてしまったんだ。うっかり無頓着《むとんちゃく》に答えてしまい、それを聞いた男が心の底から悲しそうな顔になったのを見て、また泣き出すのかと心配になった。トム・ソーヤーみたいにポケットにカエルを入れてやるんだって、ずっと思っていたんだ。夢をかなえられずに死んじまうなんて。てんかんの発作かと思うような引きつけを起こしながら、彼はそう言った。

今のおいらは、踊る影になったよ。さあ、踊ろうぜ。

わたしも引きつけを起こし、最初は手足を振り回すだけだったが、そのうちにわれを忘れたようになって無茶苦茶に踊った。

夢で最高の気分を味わっていたときだった。銃声が響き、せっかくの夢から目が覚めてしまった。こんちきしょうめ、追ってきやがったな。そう思いながら、窓から首を出して外を確かめるなど恐ろしくてできなかった。そこでベッドの下にもぐり、ブランケットにくるまりながら、どうか見つかりませんようにと祈ることにした。

銃声がいちだんと激しくなり、怒号が乱れ飛んで、人々が走る音が聞こえてくる。少し気持ちが楽になった。だれであれ、連中同士で追いかけあい、撃ちあっているらしかった。戦争が始まったというのに、知らずにいるのは自分だけなのか。そんなことも考えた。しかしもし戦争が起きているのなら、カルメンが教えてくれただろう。

二、三時間ほどすると、表が静かになった。念のためにもうしばらくベッドの下で息を潜めていたが、それから服を着替えて、冒険に踏み出すことにした。

村には硝煙の臭いがたちこめていた。だが、死体が見えず、血痕も見あたらない。しかたがないので箒《ほうき》を手にし、何の因果でこんな目に遭うのかと毒づきながら、いたるところに散乱している空の薬莢《やっきょう》を掃き集める作業にかかった。ひととおり掃除をするのに何日もかかりそうだった。

猛烈な勢いで箒を動かしていたせいで、ぼきりと柄《え》が折れてしまい、固定する紐か針金でもないか探しているときだった。視界の隅に機関銃をかまえた兵士のシルエットが見え、とっさに地面に身体を伏せた。これしか頼りになるものはないとでもいうように、がっしりと箒の柄を握りしめて。兵士はそんなわたしを見て声を上げて笑い、自分は平和を望んでいますから、と言って、カラカラとまた笑った。

そこで、立ち上がり、土を払い落として、威厳のある雰囲気を取り戻そうと努めた。面白がっているような兵士の眼差しに腹が立ち、機関銃も物騒だった。こちらの不安を察したらしく、兵士は肩の機関銃を外してから手を差し出して、力強い握手をしてきた。

われわれはここで襲撃の演習をしていたんです。廃村になっている場所を選んで。彼はそう説明した。演習は滞《とどこお》りなく終了し、連隊はすでにはるか遠方の兵舎へと引き上げていったのだが、兵士はひとり、ここに残ったのだった。

命令に従うだけの人生でしたからね。この村に着いたら、何かが喉に詰まっている気がしたんです。見えない手に首を絞め上げられているみたいに苦しくなって、その苦しみの中で気づかせてもらえた。従うのであれば、心の声にしか従ってはならないということに。

わたしは兵士の勇気ある行動を褒めた。以前にライオンのハンターが書いた回想録を読み、その本がどんな自己啓発書より苦しいときの支えになってくれたので、彼にこう話した。心の声に耳を傾ければいいんです。十字路にさしかかったときに、その声が進むべき方向を決めてくれる。

兵士はわたしの話を聞きながら、背嚢《はいのう》をはずしてそこに腰を下ろした。それからマールボロの箱を取り出すと、腹をすかせたイヌにお菓子を与えるような調子で、わたしにも一本を勧めてくれた。

どこかの博物館に展示されていた中世の兵士の遺骸《いがい》を見たときのことも、彼に話した。その兵士は現代人に比べて背が低かったが、わたしの注意を引いたのはそのことより、右腕が左腕より長かったことだった。怪訝《けげん》そうに見ているのに気がついた同行のガイドが、剣を使っていたためにこういうふうになるんです、と説明していたことを。

兵士はそれを聞いてこう言った。火器が発明されるまでの戦いは、身体と身体で対決する接近戦でしたからね。戦争は詩だったんです。そして兵士は、自分の詩を書いていた詩人。

あなたは、本当の詩人がそうするように、死を相手に踊ったことはありましたか？　そう尋ねると、兵士は顔をこわばらせて言った。ええ。ミリャッカ川の濁流《だくりゅう》が走るサラエボで、いろいろな種類の乗り物から死体を救出しながら、死と踊りましたよ。砂漠でも。イエス・キリストのようにイナゴや植物の根で生き延びたときに。神に与えられた人間の自由を呪い、強く正しい者の側にいたいと願いながら。

死はどんなふうに踊るんですか？　そう聞くと、生まれて初めて夜遊びに繰り出してきたティーンエージャーみたいにしてね、と答えた。

兵士の口調には軍隊調の堅苦しさが消えていた。内奥で燃え上がった火が、人間として持っていた矛盾や苦悩を焼き尽くしてしまい、冷えた一握りの燃えさししか残っていないとでもいうような話し方になっていた。

わたしはかねがね、人の顔は三種類に分けられると思ってきた。粘土をこねたような顔。それから、石を刻んだような顔。最後に、木を彫ったような顔。彼は間違いなく最後のタイプに属する顔だった。

これまでに連隊の仲間と共に、戦争で住人が逃げてしまった無人の村をいくつも訪れてきたそうだ。そうした村にはたいてい一人や二人は、逃げ出さずに居残っているお年寄りがいたという。自分の手でひとつずつレンガを積んだ家を捨てるくらいなら、撃ち殺されたほうが本望だと考える人が。水っぽい目をしたそんなお年寄りが浮かべていた覚悟を前にすると、銃を向けることなどできなかった、と彼は語った。

やがて上空に滑るようにヘリコプターの影が現れ、村に向けて降下してくると、家々の屋根すれすれに旋回しはじめた。映画のワンシーンかと思うような轟音《ごうおん》が響き渡り、鼓膜が破れたりしないように、両手で耳を塞がなくてはならなかった。兵士はその手を耳から引き剝がし、大声で言った。捜しにきたんだ！　助けてください！

ついてきなさいとわたしは言い、兵士は背嚢を背負った。匍匐《ほふく》前進をして村を抜け、鬱蒼《うっそう》とした場所を選んで松林を横切った。〈死に水の池〉の洞窟にたどり着いたときには、身体中がぴくぴく痙攣《けいれん》していた。それに対して彼のほうは、まったく疲れを見せていなかった。

〈死に水の池〉には洞窟があり、祈りに専念するのにふさわしい場所になっているが、隠遁《いんとん》の場所にもなる。石灰岩の壁にしみ出している水が祭壇画のような壁画を描き出し、見る人の気分によって最後の審判に見えたり、仮面舞踏会に見えたりする。

兵士が悪態をついた。タバコの箱をどこかに落としてしまったのだ。だったらタバコがあるつもりで一服しましょうと提案したのだったが、無理もないことに、馬鹿げた冗談としか受け止めてもらえなかった。

幸いにも、ヘリコプターはしばらくすると遠ざかっていった。薄暗い洞窟でぽたりぽたりと水のしたたる音に耳をすましているのは、悪くなかった。コガネムシが一匹現れたのを見て、踏んづけてやろうと足を持ち上げると、兵士に止められた。彼は左手でコガネムシをつまみ、右手のてのひらに置いた。青っぽい玉虫色を輝かせていたコガネムシは、翅《はね》を広げて飛び去った。飛んでいくことなど想像もしていなかったらしく、兵士はしばらく唖然とした顔でいた。

コガネムシが飛んでいった雲の上にいた兵士は、下界に降りてくると、こう言った。だれよりも朗《ほが》らかで、勇気のある、粋《いき》な男がいたんですがね。自殺してしまった。親友でした。一緒に戦争で死ねたほうが何千倍もましだったと思ったものです。

ふたりでなくしたタバコを捜しながら、来た道を引き返した。やがて、木の下に落ちていた箱が見つかった。それはまるで、自分の根から逃げ出そうとしているように見える木だった。乾いた松葉の上に腰を落ち着け、一本、また一本と一緒にたてつづけにタバコをふかした。タバコの箱が空になると、兵士はひとりにしてもらえますかと言った。

銃声が響いてきたのは、それから少ししてからだった。

折れた箒は、錆びついた針金で修繕できたが、空の薬莢を掃き集める仕事は、次の日にまわすことにした。夜が迫っていたし、兵士の遺体を片づけなくてはならず、機関銃を処分する作業もあったのだ。

パライソ・アルトの通りを刷《は》いているのは、寂寥感《せきりょうかん》だけではない。わたしもまた、天使の務めを果たすかたわら、道路清掃人の役目も引き受けて、通りを掃除してまわっている。この村に来るまで箒など手に取ったこともなかったのだが、村を清潔に保つのも自分の任務だろうと思ったのだ。

道路を掃除するなど苦行と変わらないと思う人も、多いことだろう。溝を掘っては、そこに土をかぶせることの繰り返しなのだから。しかしわたしにとってはいい息抜きになっている。朝いちばんに、小鳥のさえずりを聞きながら道を掃くのはいいものだ。新しい一日を始めるのに、これほどいいやり方はないだろう。

事実を歪めないように言っておけば、掃くといっても機械的に手を動かしていただけで、気合を入れてそうしていたわけではなかった。寂しさに終止符を打つために、パライソ・アルトに本職の清掃人が登場してくるまでは。その人は道を掃いているわたしに目をとめると、とても見ていられないというように、わたしの手から箒をもぎ取り、箒というものは、ダンスのパートナーを扱うように持たなきゃだめだと諭《さと》した。そして箒を動かしながら、踊りはじめた。最初はワルツのリズム、次にミロンガのステップを踏んで。

地面を掃く手は休めずに、彼はわたしに言って聞かせた。清掃人というのは、世界を昆虫と同じ視点から捉えているもんだ。ゴキブリと同じようなものだから、たいていの人は目にとめていない。だから轢《ひ》かれたりしないように、注意しなくちゃいけない。三十年以上、サラゴサの街路を掃除してきたというその男は、言葉をつづけた。いつも強風にさらされて傷めつけられているんで、清掃人にとっちゃ悪夢としか思えない町だが、どこに亀裂や穴があるのかも、長いつきあいですっかり知り尽くしていたんだよ。清掃の仕事は、傍目《はため》で見るより危険でな、窓からミカンの皮、バケツの水、使用済みのコンドームに女性用のナプキン、いろんなものが飛んできた。もう少しで瓶に頭を割られそうになって、奇跡的に助かったこともあったよ。それにしても、夢がかなわずに終わったのは残念だった、札束か金銀宝石をぎっしり詰めたブリーフケースが紛《まぎ》れ込んでいる幸運には、恵まれなかった（清掃人でそれを願わない人はいないのだそうだ）。木製の目玉がふたつ入っていたケースや、まだ生温かい骨壺が出てきたことはあったがな。木の目玉で何ができるっていうんだ。そうだろう？　聞かれて、ビー玉遊びができたかもしれないね、と答えておいた。

彼が箒を持って踊るさまは、まるで舞台を見ているようだった。動きがどこを取ってもダンスのステップになっていた。掃き方は、砂漠で学んだんだ。そう言われて目を丸くすると、わけを説明してくれた。昔、兵役でサハラ砂漠に駐屯したことがあったという。そこではラユーンの鉱山で掘り出したリン鉱石を、メリリヤへ運ぶ鉄道の仕事に就かされたのだそうだ。それは路線の大部分が砂漠を横切る鉄道だったため、初年兵の一団が編制されて、砂嵐で埋もれたレールを掘り出す作業にあたっていた。サソリやクモやヘビが潜む砂を扱うのは、厳しく危険な仕事だった。けれども清掃班の兵士たちには仲間意識が育まれ、みんなで盛大に大麻を吸ったり、砂漠の真ん中にある売春宿に繰り出したりしていた。ラクダ飼いや遊牧民、軍人、絹や香辛料の行商人、モロッコの政府要人たちが集まってくるそのオアシスは、スペイン軍に〈砂漠の薔薇《ばら》〉と呼ばれていた。簡単に〈薔薇〉と呼ばれることもあった。そこでは型にはまったやり方とは違う趣向の技巧から、よく知られたやり方まで、さまざまなサービスが受けられた。娼婦もいれば男娼もいて、みんな未成年だった。だれもが青や緑の目をし、黒目の者はひとりもいなかった。軍人たちは喧嘩っ早いことで知られていたが、メッキを剝がせば虚勢を張っていただけだった。遊牧民やラクダ飼いに近づくのはまっぴらだ、腐ったケモノみたいな臭いをさせていやがる、そう言い散らしていたのだったが、近づこうとしなかったのは、冗談の通じない相手であるのを知っていたからだった。それに、ナイフの扱いにも熟練しているのをよく承知していたのだ。スペインの将兵たちが、遊牧民やラクダ飼いとはその方面の好みが違ってたのは、幸いだった。あちらさんたちは、柔軟な身体の哀れっぽい目をした少年にしか興味がなかったからね。〈砂漠の薔薇〉では酒が飲めず、あるのはお茶かコカ・コーラだけだったため、スペイン人は不自由に耐えるしかなかった。家族からの仕送りが期待できなかった清掃人の彼は、貨物列車で移動するあいだに何時間かポーカーをするだけで、からっけつになってしまう程度の給料しかもらっていなかった。賭金は巻き上げても、根が善良な仲間たちは、みんなで金を出し合って遊ぶ金を作ってくれた。その金額で買えたのは、砂漠でだれよりも歯の汚い、栄養失調気味のいちばん安い娼婦だった。清掃人は、若い胸にためこんでいた愛と絶望をそっくり吐きだしたが、その結果、梅毒をうつされてしまい、良くも悪くもなく凡庸《ぼんよう》に終わった彼の初体験は、もう少しで最初で最後の体験になりかけた。

除隊したときには、砂漠の砂に人生で必要なことはすべて教わってきたと思っていたんだがな。サラゴサでは、風が新しい教訓を与えてくれた。砂漠の砂には何を教わったのかを尋ねると、天にも爬虫類《はちゆうるい》にも、慈悲など期待してはならないということだ、と彼は答えた。風から教わったことは？　それに対してはこう言った。風のおかげで、最大の責め苦がただひとつの救済の道にもなるってことを、教えてもらえたよ。

その辺でいいよ、あとはわたしが自分で掃除しておくから。そう声をかけても、彼はかまわずに箒を持って踊りつづけていた。ひととおり作業を終えると、約束の地へと民を率い、持っていた杖に寄りかかったモーセのように、手にした箒にもたれかかった。

掃き清められた通りに長々と伸びた箒の影が、彼の運命を指し示していた。疲労困憊《こんぱい》した影は、ゆらゆら揺れ動いて見えた。

奥歯の虫歯のせいで、夜通しまんじりともせずに過ごしたわたしは、最悪の気分だった。〈暗室〉と呼んでいる部屋でスツールに腰かけ、気持ちを落ち着かせるのに努めていたものの、痛みがじんじん襲ってくる。なぜこの世に生まれてきたりしてきたのかを、もう何百回目かに罵《ののし》っていたときだった。

不審な気配を感じ、耳をすましてみると、だれかが階段を上がってくる音がする。両手でスツールを持ち上げ、頭の上に掲げながら、ドアの後ろに隠れて待った。幸い、暴力に訴える必要はなかった。侵入者が階段で足を滑らせ、派手に転げ落ちる音がしたのだ。スツールをぴったり部屋の中央に置き直してから、何が起きたのかを見に行った。男は六階から転がり落ちたかのような痛がりようだったが、実際には足首をくじいただけだった。ネクタイを外すように言い、足首に応急の包帯を巻いてやった。あなたのその顔は、どうしたんです？　手当をしていると聞いてくるので、奥歯が痛くて死にそうなんだと答えると、トレンチコートのポケットから平たい瓶を出して、渡してくれた。口に含むとウィスキーだった。それは痛みを和らげてはくれなかったが、すばらしくいい味がした。

階段を転げ落ちるのは、それなりに慣れていますから。はね飛んだ帽子を拾い上げながら、男は言った。わたしも自分の帽子を取りに行き、ふたりで外へ出た。

ねずみ色のトレンチコートに同色の帽子を合わせ、つけ髭でないとすればそうとしか見えない口髭がついている。どこからどうみてもアニメに出てくる探偵だった。

彼は寂しげに周囲を見回し、なんにも変わっちゃいませんね。同じところはひとつもありませんが、と言った。その言葉の意味について質問すると、パライソ・アルトは本のセールスで最初にまわった村なんだと打ち明けた。かれこれ四十年以上前の話でね、猫も杓《しゃく》子《し》もツイストを踊っていたその時代には、パライソ・アルトも活気に満ちていましたね。子どもたちが外を走りまわって、町角ではあちこちでおかみさんたちが笑い声を上げていた。婆さんたちは窓の向こうから表を見張っていたし、僕みたいなよそ者が来れば、イヌが吠えかかってきた。パライソ・アルトは今みたいなもの悲しい光じゃなくて、蜜の光が降り注ぐ祝福された場所でしたね。

アニメの探偵みたいな出で立ちの男が初めてパライソ・アルトにやってきたのは、中古のシトロエン2CVに圧力鍋の使い方教本をどっさり積んできたときだった。セールスをするのは初めてだったが、売上は上々だった。圧力鍋を使う人など、村にはまだひとりもいなかったにもかかわらず、本が二十四冊も売れたのだという。彼はバルに入って祝杯をあげ、そこにいたみんなにも酒を振る舞った。そして二時間後、成功の余韻に酔いしれながら車に乗り込み、次の村に向けて出発したのだった。

本を売る仕事では金持ちになどなれないのはわかっていたが、仕事は気に入っていた。さまざまな家庭に招じ入れてもらい、外からは見えない謎めいた空気に触れることができるのだ。鍋の使い方を教える本のほかに、彼は聖書、『ドン・キホーテ』、百科事典、図解辞典、料理本などを、スペイン各地の村落に売って歩いた。

パライソ・アルトで最初にドアを開けてくれた女性のことは、忘れたことがないという。ドアを開けると、中に通してくれて、商品の説明を聞いてくれ、実物を見たこともないのに、圧力鍋の教本を買ってくれたのだ。あれがその人の家ですよ。歩きながら、村長の家を指差して彼は言った。最初のお客さんになってくれた女性の写真を、この人に見せてあげることにした。エプロンをつけて、布巾で手を拭きながら出てきたんですよ。本のセールスマンだった男は、写真立ての村長夫人の写真を見つめながら言い、ある種のちょっと変わった美人だったなあ。そうつけ加えてから、定位置の暖炉の上の、柱の聖母像とフラメンコ人形のあいだに写真を戻した。

仕事に使っていた車もよく覚えている。どの車にもいい思い出しかないと彼は語った。道ばたに捨てて廃車にした車は一台もないが、特に愛着を寄せていたのは、フィアット127だった。プロパンガスボンベと同じ橙《だいだい》色をした、強情な車だったそうだ。

曲がりくねった道でそのフィアットを走らせていたある日、雨のなかで親指を立ててヒッチハイクをしていた若者を乗せてやった。ヒッチハイカーを拾うのは、初めてではなかった。頭から足の先までびしょ濡れだったので、服を脱いで、いつも車に積んであるチェックの毛布にくるまるように勧めた。父親と喧嘩をして殴り合いになり、家を追い出されてしまったのだと青年はわけを話した。雨がいちだんと激しくなってきたため、彼はいったん車を路肩に寄せ、ウィスキーの小瓶を出して、ふたりで飲んだ。ラジオから古いボレロが流れていた。本のセールスマンは感傷的な気分になった。ボレロというのは、絹の薄紙に包まれた破れた心臓だなと言うと、青年はこらえきれずに爆笑したのだった。セールスマンは怒りに駆られて青年の毛布を剝ぎ取り、車からたたき出した。しかし、雨に打たれながら途方にくれて震えている姿を見ていると、可哀想になり、五分もするとどしゃぶりから救い出してやった。青年は車の後部座席で身体を拭いてもらうのに任せ、キスを許し、マスターベーションも許したが、それ以上の要求はきっぱりと拒絶した。雨が止み、空に虹がかかると、セールスマンは再び感傷的な気分になった。だがこのときは何も口には出さなかった。ふたりは街道沿いのホテルに部屋を取り、幽霊船めいてギシギシきしむベッドを分け合って一夜を明かした。頭のなかにびっしりと蔓性《つるせい》の植物がはびこったようで、本のセールスマンはなかなか寝つけなかった。目が覚めると、すでに日が高く、部屋にひとりだった。お金も服も持ち去られていたことには、驚かなかった。少なくとも車の鍵と運転免許証を入れた財布だけは、手をつけずに置いてあった。

それ以来、雨のなかを運転するときはいつもあの青年を思い出し、声が嗄《か》れるまでボレロを歌っていた。本のセールスマンはそう言っていた。

やがて、本がまったく売れなくなってしまった。定年まではまだ何年か間があったので、万能調理器のサーモミックスを売る仕事に乗り換えなくてはならなくなった。万能調理器は本より売れたことから、以前より収入は大きく増えたが、調理器具を売る仕事では満足感が得られなかった。サーモミックスは多少の商才があればだれにでも売れるのだ。それに比べて本は、圧力鍋の使い方であっても、書かれた文章に絶対の信頼がなければ売ることなどできない。本を売るのは、簡単なことじゃない。伝道師に似た仕事なんですと彼は話した。

車にその万能調理器を積んでありますか？　カルメンに一台持たせてあげたいと思い、聞いてみた。ありますとも。応急の包帯を外して足首の具合を確かめ、腫れ上がっているのがわかると元どおりに巻きつけながら、彼は答えた。ふたりで車が置いてある村の入口まで行き、トランクからサーモミックスを一台取り出すと、嬉しそうにわたしに手渡し、使い方、洗い方から乾かし方まで、丁寧に説明してくれた。

鳥の鳴き声が響きわたった。本のセールスマンは悪魔の笛を聞いたかのようにぶるぶる震えだした。心配いりませんよ、オスの鳥がメスの気を引こうとしているだけです、と慰めた。

帽子を持ち上げ、サルに似た仕草で頭を掻いた彼に、いい匂いだなと言うと、僕のいちばんの味方はこれです、これがなくては箒の一本さえ売れなかった、とトレンチコートの数えきれないポケットのひとつから、香水の小瓶を出してわたしに見せた。セールスマンの成功は、見た目より香りにかかっているんです。ドアが開いたときに、香りで好印象を与えるのが秘訣ですからね。だからセールスマンはいい香りをさせていなくちゃいけない。いい匂いがする人は、相手に信頼感を与えますからね。

僕はよく想像してたんですよ。死ぬとき、死ぬ直前か死んだ直後に、最後にどこかを訪問する。すると子どもが出てくるんだが、それが子どもの頃の自分なんです。僕はなにを話せばいいのか、言葉に詰まってしまって、黙り込んじまうんですよ。

死なんて、ひとつ隣の家を間違えて訪ねるようなものでしかないんじゃないですかね。

わたしの言葉は、彼が期待していたものではなかったようだった。

包帯を外したのでネクタイを締め直すのを手伝い、帽子の角度を整えてあげた。本のセールスは悪くなかったが、それよりボレロの歌手になりたかったなあ。

しばらくすると彼はそう言い、両手を心臓に置いて、歌いはじめた。

だれよりも愛してくれたのはあなただった
だれより傷を残していったのもあなただった

あなたほど愛した人はいなかった
あなたほど傷つけた人もいなかった

パライソ・アルトは、いつでも悲哀を漂わせているわけではない。ときには幸福感が匂い立つこともある。そんな日は、天使の役目は投げ捨てて、訪問者の相手もしないし、精霊だのなんだのにも知らん顔をする。せいぜい石たちに挨拶をし、妬ましいほどの慎みの美徳を、木々に向かって褒める程度にとどめておく。

この世を去るためにやってくる人々は、重苦しい空気に包まれていて、幸せの香りを味わいたいというわたしの権利を、認めようとしてくれない。しかし、たいていこっちへ向かってくるのが目に入るので、適当に隠れてしまえば、せっかくの気分を台無しにされるのを未然に防ぐことができる。ところがその双子の姉妹は、やってくるところを見逃してしまい、気がついたときはもうそこにいて、二台の電動車椅子が目の前に立ちふさがっていた。わけを話しはじめた彼女たちの言葉は、聞きたくなかった。わたしのことは放っておいてください、来た道を引き返して、パライソ・アルトがいつもの憂いを取り戻すまでは、ここには戻ってこないでくださいと言い渡した。ふたりは慣れない光に小さな目を眩《まぶ》しそうに光らせながら、わたしを八つ裂きにしそうな視線を投げてきた。

あなたが必要なのよ。ひとりが言い、あなたが必要なの、ともうひとりも言った。わたしなんぞちっとも必要じゃありませんよ、と、〈死に水の池〉の断崖がある方向を指差して教えた。なにさ、ロクデナシ。ひとりが言い、なにさ、オタンコナス。もうひとりも言った。どうぞお気をつけて。ふたりは車椅子を連ねて、可能な限りの猛スピードで遠ざかっていった。

それでもしばらくすると、わたしは自分の態度を反省し、ふたりのあとを追うことにした。指差して教えた道は、穴ぼこが随所にあって岩もごろごろしている悪路なのだ。あの移動手段ではそれほど遠くへは行っていないはずだった。

案の定、ふたりは陥没《かんぼつ》した穴に落ち込んでいた。大汗をかいたが、なんとかそれぞれを無事に救い出し、先ほどの無礼な態度を詫びた。

一緒に村へ戻りながら、途中で足を止め、空気を染めている色合いをひとつひとつ吸いこんで、この芳《かぐわ》しい香りに気がついていましたか、と聞いてみた。肉が焼けたみたいな匂いね。ひとりが言うと、もうひとりは、生贄を捧げる聖書の燔祭《はんさい》の匂いだわねと言って、ふたりでくすくす笑いあう。

ふたりのコメントは聞き流し、パライソ・アルトを歩いてまわった。村のたたずまいが気に入ったようだった。病人みたいな微笑みを浮かべてるのね。カレンダーの最後の一枚みたいな感じ。そのとおりに違いないと、わたしも初めて共感を覚えた。

運命の手は、善意の人間に対して、意表をつくような試練を課してくる。双子の姉妹に少しずつ親しみを感じはじめた頃に、あなたが女性だったらよかったのに、とふたりに言われてしまった。わけを尋ねると、私たちは男が大嫌いだからよ、と答える。もうちょっと分かりやすく説明してくれませんかと頼むと、こんな説明が返ってきた。男たちは、真実と美が背中合わせになっているというデタラメを編み出して、それを事実であるかのように広めたからよ。まるで、天地創造の最後の日に神が投げ上げたコインは、表と裏がそうなっていたと言わんばかりに。真実と美は、水と油よ。絶対に相いれない関係にあるというのに、そうじゃないという人は大嘘つき。

男性を憎んできただけでなく、彼女たちは神をも憎んできた。私たちに目をとめようともしてくれなかったから。そう言っていた。

あれを見て。ふたりが示した頭上には、今にも襲いかかってきそうな、サソリを思わせる雲が浮かんでいた。わたしの歌を聴きませんか。提案すると、歌なんて大嫌いと断られた。クラシックもポップスも嫌い。それもベートーヴェンの交響曲第五番が、特別に嫌いなのだという。ベートーヴェンの第五番では、運命に対峙《たいじ》する二つの道筋が対話しているのよ。そのひとつは、心の声に従うことで運命を変えようする、作曲家自身が歩んだ道。もうひとつは、旧約聖書のヨブが歩んだような、運命が投げかけてくる試練を受け入れて、黙って耐え忍ぶ道。でも運命に向き合う道は、それ以外にもあるの。どこにも書かれていないような道が。私たちが歩んできたのが、そんな道だった。

ふたりの父親は、勲章を与えられた軍人だったそうだ。午後になると自室に落ち着き、酒とタバコを楽しみながら、飽くことなしに交響曲第五番を聴いていたという。その間、姉妹は隣の部屋でテレビを観たり、両親には一度も連れて行ってもらえなかった向かいの公園を窓からのぞいて、遊んでいる子どもを眺めたりしていた。公園の子どもたちは双子がこっそり盗み見ているのを知っていたので、窓に向かって石を投げつけた。ときどき小石が窓ガラスにあたると、父親は怒り、そっちに行って、合法に持っている私のこの銃でお前たちに思い知らせてやる、と怒声を浴びせていた。娘たちはやっちゃえやっちゃえとけしかけたが、父親は肝心なときになるといつも窓から引き下がり、あきらめた顔で割れた破片を拾い集めるのだった。

私たちはずっと天国に郷愁を感じてきたのだと、ふたりはわたしに言った。訪れたこともない、それも存在することさえ知らないはずの場所なのに、なぜ懐かしく思ったりするのかを聞くと、自宅では、客間に大きな額《がく》が飾られていたのだという。ふたりはパラダイスが描かれたその絵の前で、人生の大部分を過ごしてきたのだ。その絵を描いたのは、父の妹にあたるマリーナ叔母さんだった。叔母さんは、作品の完成を待たずに自殺してしまった。作品は未完で残されたために、いちだんと不穏な雰囲気を醸《かも》していた。傑作と呼べるようなものではなかったものの、素朴なその絵はこの世のものとは思えない光を発していたらしい。その光が私たちをここまで案内してくれたのよ、と彼女たちは説明した。

双子の父親は、妹の描いた絵をすべて捨てたが、その一枚だけは残してあった。いちばん出来がよかったわけでも、なかでも上手く描けていたわけでもないその絵を、わざわざ居間の正面に飾っていた。それでも来客が出来ばえを皮肉ったり、絵に描かれた謎めいた女性について勝手な憶測を口にしたりするのを、父はひどく嫌っていた。その絵に描かれていたのは、両手で火を灯したロウソクを掲げもち、裸でトラの群れの中を歩く、生きた死者を思わせる女性だった。

双子の姉妹は、自分たちを見捨てて先に逝ったマリーナ叔母さんを恨みながら成長したが、否応《いやおう》なしに目に入るその絵を見ているうちに、裸でトラの群れの中を歩いているぼやけた顔の女性は叔母さん本人にほかならず、両手で掲げもっているロウソクの光も、自分たちが従うべき光であることがよくわかるようになったという。

ふたりは怨恨《えんこん》をくすぶらせて生きてきたにもかかわらず、冷血漢に見られるような享楽めいた残忍な光は、どちらの目にも宿っていなかった。

私たちはふつうの人が内に持っているものを、持ち合わせていないから。彼女たちはそう言っていた。ふつうの人っていうのはどんな人を指しているんだ？　聞き返すと、しっかり大地を踏みしめている人たち。ひとりが言い、頭でしかものを考えない人たちね、ともうひとりが答えた。

小さい頃に、父親に一羽ずつ紙の蝶を作ってもらったことがあったという。あとは色を塗るだけだ、好きな色を決めなさいと言われたふたりは、どちらも黒を選んだ。父親はしかたなしに、黒いマジックで蝶を塗ってくれた。娘たちは口々にありがとうと言ったが、そんなに嬉しそうに見えないのを不思議がり、どうかしたのか、と父が問いただした。だって、飛べないチョウチョじゃなんの役にも立たないだもん。娘たちがそう答えると、父は、この蝶は君たちが飛ばせてやらなくてはいけないんだよと諭した。どうやって飛ばせばいいの？　空想をはばたかせてそうするのだと、父は言ったのだ。

パライソ・アルトは金色の光に染まっていた。漂っていた幸福感の余韻が消えずに残っている中で、どこからともなく、わらわらと無数の黒い蝶が集まってくると、双子の姉妹に舞い降りた。そしてふたりの姿をすっかり見えなくしてしまった。

わたしが死人ごっこをやっていたときのことだ。以前に、〈死に水の池〉から数メートルの距離に祭壇の形をした大岩があるのを見つけたのだが、その岩が人間を捧げる供物台にうってつけなのだ。そんなわけで、村の上空を旋回しているハゲタカを騙《だま》してやろうと子どもじみたことを考えて、ときどきそこに寝転がっている。そうして死んだふりをしているうちに、眠り込んでしまい、肩をとんとん叩かれて目を覚ました。つづけて、アラゴン地方の強い訛《なま》りで野太い声が響きわたった。邪魔してすまないね。片目を開けると、老人が見えた。わたしの肩を叩いた杖を引っ込め、ひょうきんな笑顔を見せている。なにか用ですか。そのままの姿勢で尋ねると、もっと大きな声で言ってくれないか、わしはちょっとばかり耳が遠いのでね、と老人は片手を耳にあてた。

ちょっとばかり耳が遠いのではなかった。ぜんぜん聞こえないようだった。かまわないかね、と断ってからわたしの隣に横になり、同じ格好になると、話しかけてきた。若い頃はわしもこうして、ハゲタカをおびき寄せようと死んだ真似をしていたもんだ、いまじゃ腐肉の臭いがしとるから、もっとうまくいくだろう。そう言っていたが、腐臭というより、漂っていたのはシロップと化粧水を混ぜ合わせたような、腐臭以上に不快な甘ったるい臭いだった。

しばらく沈黙がつづき、寝てしまったのか、それとも死んでいるんじゃないのかと思っていると、老人はまた言葉を発した。子ども時代の空は広々として深いもんだが、そのあとにつづく青春時代には、鉛色《なまりいろ》の奇妙な空になる。それじゃ老年期はどんな空なんです？　尋ねると、気だるい空だねと答えた。

二人目のかみさんが死んでから七年になる。老人はわたしにそう語った。それからは、五十平米にも満たない自宅にこもって推理小説を読みあさり、シロアリと戦いながら、死の御使いが迎えにくるのを待っていたという。そうするうちに待ちくたびれて、自分から死を探すことにして家を出てきたのだそうだ。

高齢になって孤独を味わっていた人のなかには、あなたと同じように晩年に推理小説に没頭していた人が、何人もいましたよ。そう言うと、わしが推理小説に熱中し出したのは、聖書を読み直したのがきっかけだった、と彼は話しはじめた。聖書をですか？　ああ、聖書だ。人類史上で旧約聖書ほど血なまぐさい犯罪小説は、ほかにはお目にかかれない。新約聖書も、探偵小説というジャンルの典型を象徴している。イエス・キリストという名前の探偵が、細部にいたるまで周到に組み立てられた見事な舞台で、みずからの命を犠牲にして証明してみせるのだ。不在の父親も含めて、責任を問われない者はだれひとりとしていないということを。イエス・キリストのように殺害されて愚弄《ぐろう》される人があるとすれば、意図してそんなことをしたのかそうでなかったのかにはかかわりなく、その人がいた社会の全員に責任があるんだ。老人はそう説明して、先をつづけた。新約聖書っていうのは、つまり、人間のありようがコントロールの及ばない変化をたどることや、権力と醜悪さの関係を描いた書物であって、よくできた探偵小説と変わらないんだよ。彼は福音書の違いについてもうんちくを傾けた。マタイはもとはといえば取税人、一介の小役人だった。だからマタイの福音書は、できごとを記しただけ、記録の域を超えていない。熱烈な信仰心をもって書いたのはわかるが、気高さとか洗練といったものは備わっていない。それに比べてヨハネの福音書には、叙情的な力が秘められている。それでこっちは関心を掻き立てられるし、心を揺さぶられる一面が物語に加わっているんだ。

喋《しゃべ》りつづける老人に話したいだけ話させておき、ようやく途切れたところで、そんなに大声で話していたら、いつまでたってもハゲタカは舞い降りちゃくれませんよ、と口を挟んだ。聞こえなかったのか聞こえないふりをしたのか、彼はかまわずにまたつづけた。本物の探偵というのは、自分自身が影になってしまうまで、影のなかを歩きまわるもんだ。これが第一点。第二に、悪魔に信頼されるまでになることだな。悪魔に敬意を払わせるには、こっちも向こうに対してそうしなくちゃいけないんだね。

この分ではいつまでも話が終わりそうにないので、口を挟んで聞いてみた。あなたはどっち側にいるんですか、探偵のほう、それとも罪人のほう？　それを聞いてもらえるのを待っていたとでもいうように、老人は応じた。言ってみれば、罪人は芸術家で、探偵は批評家なんだよ。そしてこんなことを打ち明けた。最初の家内はずいぶん可哀想な死に方をしたんだが、そのあとで、わしはだれかを殺さずには収まらない気分になっちまった。そんな気持ちになったのは初めてじゃなかったが、そのときほど切実にそう思ったことはなかった。そんなときに、スーパーでひとりの女性が目にとまった。洗濯洗剤の前で、汚れ落としに強い安いほうにするか、白さと環境への優しさを売りにしているほうにするかを迷って、生気のない顔で笑みを浮かべている。あの女を最初の餌食にしよう。そう決めて、自宅まで尾行した。女性の家は老人と同じ地区にあったという。川の左岸に広がるその場所は、叙情も詩情もない、歴史を持たない一角だった。そこで暮らす女性たちと同じように、彼女も生活の重みに押しつぶされて生きていた。老人は女性の職場も突き止めた。長年にわたり病気の母親を抱えてきたことも知った。母親に活力を吸い取られてきたのだった。夫も子どももおらず、女友だちと会うときはいつも同じカフェに入り、テーブルの隅にひっそり座りながら、精神を病んだ幼児が手にしたガラガラのように、荒々しく風に揺れている木の葉を窓から眺めていたりした。若い頃は非行にも手を染めたことのある老人は、彼女が仕事に出ているあいだにドアをこじ開けて家に侵入し、ランジェリーの好みの色や、好きな作家の名前を調べだした。好きな作家については、自分と同じ好みだろうと密かに期待していたのが裏切られ、がっかりさせられた。女の家はハチミツ入りのホットミルクの匂いがし、老人はそれを好もしく思った。

そこまで話すと、彼はいったん言葉を切った。物語はそれから驚くような急転換を見せたのだった。だれかを殺してやりたいという欲求が、だれかを愛し、自分も愛してもらいたいという欲求に取って代わることになったのだという。老人は自分と同じように人生に期待するのをあきらめた女性に恋をし、推理小説がラブロマンスに転身を遂げたのだ。

しかし彼女を口説くのは、殺害を図るよりはるかに難しい手続きになった。近づこうと試みても、ひとつも明るい展望が得られなかった。老人は自信をなくしてしまった。女性を口説くのになくてはならない自信をなくした上、そんな歳になって伊達男《だておとこ》を演じる自分も、滑稽としか思えなかった。それでもやっとのことで、仕事帰りの彼女を待ち伏せて、入れ歯と同じ程度に取ってつけたような笑顔を見せ、界隈《かいわい》のピザ店に今晩のテーブルを予約したので、夕食をご一緒しませんかと誘った。彼女は無邪気さと訝《いぶか》しさの入り交じった笑みを浮かべてその言葉に耳を傾け、ほんの一瞬ためらってから、何時ですか、と聞き返した。彼は古ぼけた腕時計に目を落とし、三時三十五分ですと答えた。夕食の時間は何時ですか、と声を高くしてもう一度彼女が聞き、耳が遠くて、と詫びてから、十時ですと彼は答えた。いったん別れたあとで、老人はピザ店へ走り、夜の十時にテーブルを予約した。計画がうまくいったのだった。その晩、彼はタンゴ歌手と見紛《みまが》う出で立ちで夕食の席に赴いた。彼女のほうは、ジーンズに去年のバーゲンで手に入れた赤いショルダーバッグの装いだった。ふたりは十代に戻ったように旺盛《おうせい》な食欲を見せ、彼は手づかみで、彼女はナイフとフォークを使ってピザを食べた。天にも昇る心地の老人は二本目のランブルスコを注文し、デザートが運ばれてくるまで時間があいたせいで、デザートが来た頃にはすっかり酔っぱらっていた。店の勘定は彼女が支払い、彼をタクシーに乗せて家まで送り届けてくれた。家に着くと、ハーブティーを淹れ、服も脱がせてベッドに運んでくれた。意識が薄れてしまう前に、老人は彼女に謝った。殺そうと思ったりしたことを、どうか許してくれ、と。彼女にはさっぱりその意味がわからなかった。

どこもかしこも黄色だな。唐突に話を切ると、ささやくように彼は言った。そのとおりだった。周囲のすべてが黄色に染まっていた。空までが黄色かった。老人はそれから目を閉じた。そのあとには二度と口を開かず、ぴくりとも動かなくなった。祭壇の岩に彼を残して、わたしは別の気晴らしを探しにいった。

　ハエが飛び交う羽音がうるさく、幸先のいいスタートとは言えない雰囲気のある朝だった。蹄《ひづめ》の音が聞こえてきたので、取り組んでいた用事の手を止め、いったいだれがやってきたのかを大股で見に行った。何があっても驚かないと自分では思っていたが、動悸が激しくなって、子どもみたいに涙が溢れてきた。デュマのダルタニアンが乗っていたような辛子《からし》色《いろ》の馬が見え、その上に昔の恋人が見えたのだ。だれよりもわたしを愛し、だれよりもわたしに傷を負わせた女性。アンヘラに違いなかった。長く伸ばした、瞳と同じ色の黒い髪。昔のコインに刻まれた横顔のような輪郭。繊細を極めた唇。気品をたたえるお尻の線……。涙をぬぐい、しゃんとしてから、歓迎の言葉を口の中でつぶやきながら、彼女が馬から降りるのを手伝った。馬が喉を渇かしていたため、それから手綱を取って川へと向かい、気が済むまで水を飲ませてやった。アンヘラは鞍《くら》を外してやると、馬を立木につなぎ、優しく馬の顔を撫でながら、そこで待っているように言い聞かせた。馬は耳を動かしてわかったと答えていた。

彼女とぎこちなく並んで歩きながら、何を言えばいいのか言葉が浮かばず、自分を滑稽に感じていた。ずいぶん久しぶりね。彼女が言い、ああそうだね、とわたしも言った。

しかし最後の別れを交わした晩から、時間はほとんど経過していないようなものだった。あれから二十年にもならない。それでも、ふたりで過ごした過去、ふたりで生きた時間とのあいだには、無人の荒れ地が広がるのに十分な時間が経っていた。それは立ち入ってはならないと思慮分別が忠告してくる荒野なのだ。

どんなに想像をたくましくしても、まさか君が馬に乗ったりするなんて思いもよらなかったな。そう言うと、あなたって意外に想像力がなかったのね、と返された。

馬は何ていう名前？　ファウスト。それを聞いて考え込んだ。いけないとは言わないが、馬につけるには妙な名前だ。しかし変わった名前の馬といえば、一頭だけ、〈白くつ下〉と呼ばれる馬がいたのを思い出した。だれが乗っていたのかは覚えていない。少年時代のヒーローたちは、だれも彼もが嵐にまつわる名前の馬に乗っていたっけ。電光、雷、稲妻に閃光、ハリケーンもいたし、竜巻も……。

〈悲しみの聖母〉に似た彼女の面立ちは、歳月を経てもちっとも損なわれていなかった、そう言えば嘘になる。しかし、邪念も欺瞞《ぎまん》も持たずキラキラ輝く目のきらめきは、以前とどこも変わらなかった。わたしから去ってしまったあとで、もう二度とあの輝きを向けられることがないという事実を受け入れるのが、どれほど苦しかったことだろう。それを思うと、胸に焼けるような熱さを覚えた。

右手に結婚指輪が光っていたが、それも当然のことだった。それでもわたしは何とかして、それを無視することに努めていた。

昔の恋人は、葬儀屋じみたわたしの格好にとがめるような目を向けていたが、どう見てもよれよれの服を蔑《さげす》みも皮肉りもしなかったことに、わたしは内心感謝した。彼女はニットのカーディガンを着ていた。おとなしい素直な女性によく似合うそんな格好を、彼女は昔から好んでいた。そんなふうに見られたいと思っていたのかもしれない。

パライソ・アルトへはあの馬が連れてきてくれたの。彼女はわたしに言った。村が近づくにつれて、わたしがいるに違いないという予感が強くなってきたのだそうだ。魂の使命は飛翔することだから、君の魂も会おうとして飛んできてくれたんだな。そう言うと、無声映画の女優のように笑った。あなたが生きてるかどうかを確かめたかったのよ。今度はわたしが笑った。それで、生きていると思うか？　じつは自分でも自信がないんだ。

ふたりであたりを散歩した。帽子を取ると、すぐに太陽が頭蓋骨をじりじり焼きにかかってきた。

ここはどういう村なの？　この地上で最後の村だよ、と真実を織り交ぜて答えた。

外国製の輸入品を扱う店を通りかかったので、飲み物や食べ物、タバコのたぐいは底をついていたのだが、見せたいものがあるんだと言って中へ誘った。店に入り、壁にかかっているダイヤル式の電話を指差すと、まだ使えるの？　と疑わしそうに聞く。悪魔の番号の六六六にかけるときはな。笑いながら冗談を飛ばしてから、真顔に戻って説明した。この電話はこっちからかけることはできないが、向こうからかかってくるときだけ、通じる電話なんだ。一か月に少なくとも一回は、いつもとんでもない時間帯に電話がかかってきてね。リンリン鳴り響く音で村の静寂を破るんだよ。最初は恐ろしくて受話器が取れなかった。何を聞くことになるか、わかったものじゃないからな。しかし結局好奇心に負けちまってね、ついに電話に応えた。すると、だれかは思い出せないがどこかで聞いたことがあるような女性の声が聞こえてきた。こっちを名前で呼んで、寒くないかと尋ねるんだ。ああ寒い、と返事をした。その日のパライソ・アルトは凍えるような寒気に見舞われていたから。向こうはそのまま黙り込んで、しばらくのあいだ沈黙がつづき、ぷつりと切れた。その次の電話では、お腹は空いていないかと聞かれたから、腹が減っていると答えた。そのときは、かれこれ十二時間は何も口に入れていなかったんだ。三度目は、眠くないかと言う。そのときも、言われてみればそのとおりだった。二晩くらい一睡もできずにいたんで、眠くてたまらなかった。それからも、聞かれたことに対しては毎回そうだと答えてきた。名前も顔もわからない電話の女性は、そのときにこっちがどんな状態でいるのかを、全部すっかり知っているんだ。

どうしてそんなことがわかるの？　昔の恋人が聞いた。近所をうろついているだれかがかけているのか。しばらくはそう思っていたんだ。この辺の家に忍び込んでこっそり見張られているんじゃないかと。しかし、それはあり得なかった。いかに巧妙に隠れても、存在の痕跡をひとつも残さずにいられるとは思えないからな。

店を出てから、ふたりで石のベンチに腰かけた。そこからは他のどの場所よりも、打ち倒された巨人の両手がはっきりと見える。パライソ・アルトはそうして両手を差し伸べて、天に慈悲を懇願しているのだ。よくここに座って、何時間も静寂を見つめて過ごしている。日毎にその色合いが変わるんだよ、と彼女に教えた。

彼女はライト系タバコの箱を持っていて、わたしにも一本勧めてくれたので、素直に受け取った。

タバコはわたしが教えたのだ。タバコもキスも、教えたのはわたしだった。わたしに出会うまでは、キスの相手はそばにいなければ眠れない、薄汚れたクマのぬいぐるみだけだった。

触れたりすればはらはら崩れてしまうか、青い煙になって消えてしまいそうで、そうすることはためらわれたが、今でもつきあっていた時代の冷たい手をしているのか、確かめてみたいという思いに駆られていた。冷たい手だね、そう言うたびに、手が冷たい人は心があったかいんだから、と甘い笑顔で言っていたものだった。

心からわたしに惚れ込んでいたあの頃、わたしは純朴なことに、彼女はこっちの欠点も何もかもを愛しているのだと思っていた。

彼女は当時、玩具《がんぐ》店で働いていた。閉店時間になる前に女主人が用事で店を空けるときは、一緒にそこで最高の時間を過ごしていた。一日これといってすることのなかったわたしは、終業時間に迎えに行き、シャッターを下ろすのを手伝った。彼女がレジを締めて、子どもたちが散らかしていったおもちゃを片づけ終わると、ふたりで愛を交わし合っていた。目をむいて悪魔じみた笑顔を浮かべる無数の人形たちに、四方を囲まれながら。

子どもは、大人が小説を解体するようにしてボール紙の馬をバラバラにしてしまう。夢が何でできているかを突き止めたいのだ。しかし店には、昔ながらのボール紙の馬は置かれておらず、モップに車輪がついたような馬しかなかった。あれでは、またがって冒険を夢見ることはできなかった。

退屈しているだろうと思い、鐘楼《しょうろう》の鐘を鳴らしに行かないかと彼女を誘った。何のために？　と聞くので、村に命を吹き込むためだよ。教会の鐘が響かない村は、死んでいるも同然だ。そう答えてふたりでベンチから立ち上がった。気乗りがしない様子でついてきた彼女は、荒れ果てた教会を見ると、いっそう不信感をつのらせた。わたしが勢いよく鐘を鳴らしはじめると、事態はなおさら悪いほうへ向かってしまった。壁を揺るがして鳴り響いた鐘の音で、割れ目に潜んでいた何十羽という鳥がバタバタいっせいに飛び出し、衝突したり壁にぶつかったりして逃げまどう大騒ぎになったのだ。アンヘラは目をつむると両手で顔をおおい、ありったけの声で悲鳴を上げた。わたしはそのあいだも鐘を鳴らす手を止めず、しまいには鳥は一羽もいなくなった。おびただしい羽根がふわふわと宙に漂い、息が詰まりそうな異臭がたちこめていた。

　立てつづけに五、六回ほどくしゃみをした彼女に、そんなつもりじゃなかったんだ、君を驚かせて悪かったと詫びた。髪のあちこちについていた羽根を、つまんで取り除いてあげた。出ましょうとうながし、彼女はまたくしゃみをした。

　教会を出ると、獰猛《どうもう》な太陽がギラギラ照り輝いていた。彼女に影を提供するために、走って傘を取りに行った。傘の陰で貴婦人のように歩く彼女に対して、わたしはその下僕になっていると思ったが、額に滝のような汗が流れてシャツの背中が濡れていても、自分の役回りがちっとも不快ではなかった。

花の一輪すら、あげられるものが何もなかった。何を話せばいいのかもわからなかった。馬を話題にすればいいのだろうか。歌を聴かせてもいいかもしれない。しかしアンヘラは、あの世へ渡る日を早めようとしてパライソ・アルトに来たわけではないのだ。

わたしは傘を閉じると、愚かなことに彼女の唇にキスをしてしまった。墓地の彫像にキスをするような感じがした。それでももう一度そうしようとすると、顔を背けられた。

交際を始めて間もない頃は、バルのいちばん薄暗い隅の席で互いをむさぼったものだった。そんなときにはどうしても、黄色っぽい歯をカチカチぶつけあっているふたつの骸骨のイメージが、頭に浮かびつづけていた。

上着を脱ぎ、腰に巻いて結んでから、ブラウスの上のボタンをひとつ外し、彼女は言った。喉が渇いて死にそう。そこで泉へ案内した。水はてのひらに受けてから飲むと、最高に美味いんだぜ。水を飲もうとしてかがみ込んだ拍子に、ブラウスを濡らしてしまい、白いブラジャーをつけていることがわかった。当時は彼女がつけている安物の白い下着が、たまらなく愛しかったものだ。安っぽい香水の甘ったるい匂いも好きだった。

そっと香りを嗅いでみると、もうあの田舎のプリンセスの匂いはさせていなかった。

パッケージの最後の一本を分け合って一服しながら、パライソ・アルトに向かう途中で見てきたことを話してくれた。道中に廃棄自転車の処分場があったので、足を止めると、小人のような小男の管理人が、ハンモックに寝転がってハーモニカを吹いていたという。私が来るのがわかっていたみたいに、小男はハーモニカを吹くのをやめると、あんたに渡すものがあると言ったの。ぴょんとハンモックから飛び降りて、壊れたサビだらけの自転車が積まれた山によじ登っていった。それからてっぺんにあった自転車を一台、苦労して運び下ろしてきた。それはアンヘラが十三歳のときに、転んで何本か歯を折ったときの自転車に、うりふたつだったらしい。あんたが使えるように、これを修理して新品同様にしてやろう。小男にそう言われ、何と交換すればいいのかと聞き返すと、彼は肩をすくめ、板張りの小屋へと彼女を案内した。小屋のなかは壁面いっぱいに、女性のヌード写真が貼りつけてあった。どれもが彼女のように白い肌と黒い髪をした女たちだった。小男はビールの缶をふたつ出してプルタブを引き、ハムの塊《かたまり》を切ってたっぷりと皿に盛りつけたご馳走を振る舞ってくれた。こんなに美味しいハムは食べたことがないと言うと、ハム切りナイフを手にしたままで口もとをほころばせ、もっと食べろと勧めた。アンヘラの旺盛な食欲を小男は嬉しそうに見ていたが、アンヘラは、壁の写真には気がつかないふりをしてハムを口に運んだ。一切れも残さずすっかり平らげてしまうと、小男は次に、黒いブドウを一房出してくれた。アンヘラはブドウも一粒ずつ、全部平らげた。残った小枝をつまみ上げ、光にかざして眺めてから、小男は使い終えたコンドームでも捨てるようにぽいと窓から投げ捨てた。アンヘラにはよく聞き取れなかったが、それから何か言うと、彼はドアを開けて重々しい態度で外へ出ていった。彼女もそのあとにつづいた。ファウストの前で足を止めた小男は、美しい馬だ、と言った。美しいし、賢くて忠実で、心も優しいわ。アンヘラも同意した。小男がパチリと平手で馬の尻を叩いたときだった。馬はヘビに噛まれでもしたように、いきなり暴れ出した。アンヘラがとっさに割って入っていなければ、小男は口から内臓が飛び出してもおかしくない勢いで蹴り倒されていただろう。アンヘラは馬を取り鎮めてから、小男もなだめなくてはならなかったという。小屋へ戻ってハム切りナイフをつかみ、ナイフもテーブルに戻した小男は、自転車がほしければ服を脱いで写真を撮らせてもらおうか、と言い出した。アンヘラは小男の顔を見つめ、次に自転車に視線を向けて、ファウストにずたずたにされかかっていたのを放っておくんだった、と一瞬後悔した。どう答えればいいかを思い悩んでいるあいだに、小男は道具箱を取りに行った。戻ってきた男に、アンヘラは言った。私は急いでいるからもう行かなくては。でも約束どおり自転車を新品同様にしてくれれば、帰り道にまた立ち寄って服を脱いでもいいわ、と。小男はその返事に満足し、ふたりで約束の固い握手を交わしてきたのだそうだ。

それじゃ君は、そいつに写真を撮らせてやるつもりなのか。問いただすと、〈悲しみの聖母〉の顔にはそぐわない笑顔でにんまりした。

待ちくたびれて、苛立ったようないななきが聞こえてきた。ファウストが私を呼んでる。急ぎ足で川べりへ引き返した。馬はご主人が戻ってきたのを喜んだが、わたしがそこにいるのは迷惑そうに見えた。

乗ってみない？　勧められて何も言えずに顔を見ていると、彼女はそれを肯定のしるしと受け取り、結わえてあった手綱を解くと、鞍をのせて頭を押さえてくれた。馬にはわたしも数え切れないほど乗ったことがある。しかしそれは、夢の中での話だった。あぶみに足をかけてからは目も当てられない展開になってしまい、帽子も落っことして、アンヘラに無慈悲に笑われた。ファウストも協力してはくれず、明らかにわたしを騎手として歓迎していなかった。脚を動かしはしたが、それはわたしの帽子を踏みつけるためにそうしただけだった。

馬から降り、用心しながら帽子を拾い上げた。何とかもとの形に整えているあいだに、彼女は上着を着直した。キスしてもいいかい？　馬にまたがる前に聞くと、いいともいけないとも言わなかったので、キスをした。破り捨てようとしているか、燃やしてしまおうとしている写真にキスをしているようだった。あなたが生きていることがわかってよかった。これで安心して帰れるわ。わたしは返事をしなかった。そして踵《きびす》を返し、歌を歌いながら、していたことのつづきに戻った。

この胸の痛みほど　人生で愛おしいものはない
痛みは膝をついて　うずくまる
柳の枝のように
流れゆく　ときの水面の上に

訳者あとがき

ようこそ、生者と死者が手をつなぎ合う、この世とあの世をつなぐ世界へ。楽しんでいただけたでしょうか。あとがきを先に読む人のために少しだけ内容をご紹介すると、これは屍《しかばね》のような廃村が舞台のお話です。辺獄《へんごく》の光に包まれて悠久の時間が流れ、死んだ言葉が無人の石畳をカラカラと吹き抜けている、陰鬱《いんうつ》な顔をした村。けれどもそんな表情の下で村は微笑《ほほえ》みを浮かべていて、ときには幸福感を匂い立たせたりもします。長い旅路の果てにここへやってくるのは、死のうと決めてきた人々だけ。生きるのに疲れてしまったそんな人たちは、この村にたどり着くと、案山子《かかし》まがいの出で立ちをした黒服の天使に出会うのです。ギリシャ神話に登場する冥界《めいかい》の川の渡し守、神と人間の間にいるようなボロを着た無愛想な老人のカローンを思わせる天使です。ここまで打ち明けてしまっても、小説の味わいはこれからですので、ご心配なく。

読み進めるうちになんとも奇妙な感覚にとらわれて、足が地面から四ミリくらい浮いている気分になってくるかもしれません。それはあなたが、生と死が融合した不思議な異空間に誘い込まれてしまった証《あかし》に違いありません。自殺というタブーを取り上げていながら、この物語はなぜこうも瑞々《みずみず》しいのでしょう。ヴィジュアルなイメージが強烈な印象を残すところは、ドイツ表現主義映画のムルナウが影の妖《あや》しさを駆使したサイレント映画、『吸血鬼ノスフェラトゥ』の映像詩を思わされます。逆立ちで歩く少女、全国の人気者だった老奇術師、往年の艶《なまめ》かしさを漂わせるポルノスター。行列を作るかのように次から次に登場してくる個性豊かな人々には、老若男女が死者や骸骨とともに輪になって踊るさまを描いた、中世の「死の舞踏」のイメージも重なってくるようです。シュールなブラックユーモアはブニュエルの不条理劇映画のようですし、ラテンアメリカ文学に詳しい人は、フアン・ルルフォの傑作『ペドロ・パラモ』の舞台となったあの死者の町、コマラを思い浮かべるのではないでしょうか。メキシコ人はアステカの時代から、死は新しい命へと移行する過程にすぎないと考える歴史があるせいか、死者の日がテーマのピクサー映画『リメンバー・ミー』に見られるような明るい死生観を持っていますが、死を恐れず、侮《あなど》りもせずにひょいと向こう側へ飛び越えていくこの小説にも、それに共通しているものがあるようです。蛇足《だそく》ながらメキシコで活躍したブニュエルも、出身はスペインのアラゴン州。アラゴン州で生まれ育った著者によれば、この一帯はメキシコによく似ているのだそうです。

瀬戸際まで追いつめられた状況で口をついて出る諧謔《かいぎゃく》を指す、ドイツ語でガルゲンフモール（絞首台上のユーモア）、と呼ばれるものがあります。自殺を扱っているのに深刻な重々しい死にならず、ユーモラスな軽やかさが漂っているこの本を訳しながら、五木《いつき》寛之《ひろゆき》氏がどこかでそんなユーモアを取り上げていたのを思い出しました。気になったので改めて本（『生かされる命をみつめて五木寛之講演集〈自分を愛する〉編』）を開いてみると、ヴィクトール・フランクルの『夜と霧』に感想を寄せて、アウシュビッツから生きて還ってきたのはそういう笑いを大切にする人々だったと書いてありました。大筋をまとめてみると、凄惨《せいさん》な日々のなかで、地平線に沈む真っ赤な夕陽を、「あ、なんて美しい夕陽だろう」と見つめる。水たまりに映る木立の影を見て、「レンブラントの絵のようだ」と感じたりする。そういう心が持てる人たちが、生き抜いてこられた。「なんとも言えない極限状態のなかで、人間を生かす力というのは、かならずしも偉大な信仰や、素晴らしい体力、あるいは超人間的な強い意志の力、あるいは深い思想、そういうものだけではないのではないか」というのが、五木氏の言葉でした。本書が自殺というタブーに触れながらも、深刻さとは無縁の爽やかな風が吹き抜けるように感じさせるのは、そんな根源的な力のようなものが読む人に伝わってくるからなのかもしれません。

本書の舞台であるパライソ・アルトは、天空のパラダイスを意味する架空の村ですが、著者は、小さい頃はよく似た廃村で遊んでいたものだった、そういう村はいまでもごく身近なものだと話しています。都市化の進行で農村部の人口が減少している欧州でもスペインはその傾向が特に顕著で、千年の昔には強大なアラゴン王国があった地域でも深刻な過疎化が進行中、パライソ・アルトという名前も実在する廃村から取ったのだそうです。また、死のうと決めた人々が無人の村を訪れてくる構想も、実際にあった事件に着想を得たということです。九十年ほど前、電気も引かれておらず、自動車が入れないので交通手段は馬しかなかった小さな村で、精神に異常をきたした男性による一家惨殺事件があったのでした。斧を振るって玄関で幼い娘ふたりの命を奪ってから家の中の姑《しゅうとめ》を殺し、二階にいた八か月の息子も手にかけたその人は、畑に出ていた妻と舅《しゅうと》を探したものの見つからなかったために引き返して斧で自殺を図ったのですが、即死できず、隣人の通報を受けて駆けつけてきた医師が惨状を目にして手当を拒み、絶命したという悲惨な事件でした。ムガという名前のその村は痛ましい出来事がきっかけとなって住人が逃げ出してしまい、五年後には無人になりましたが、後年そこへ命を絶ちにやってきた若い女性があったことを著者は新聞で読み、ずっとそれが心に残っていたのだそうです。

この本に登場する村長の日記も、カスティーリャ・イ・レオン州のトレバゴの村長が一九六五年から一九七五年にかけて書いた日記に触発されたもの。村に初めてトラクターが導入された日、水道が通った日、学童不足で学校が閉校に追い込まれることなどが克明な筆致でつづられていて、こんな一文もあります。「村の人口が大幅に減りつづけている。村長として思うのだが、われわれは緩和することが困難な暗澹《あんたん》とした時代に直面している。とにかく、村民が苦しんでいる疾走するこの病に向き合い、努力と犠牲を惜しまずに村民を守り、励ましていこう。せめて村に命の息吹が宿る間は」人口流出に歯止めがきかず、村が少しずつ活気を失っていく様子が伝わってきますが、本書で日記を取り入れたのはこの村長へのオマージュだと著者は語っています。「私が育った村ではまだ人々の暮らしが営まれていた。しかしいったん扉を閉めた家は、そのときから二度と開くことはなかった」と著者が言うように、アラゴン州では人口の九割が全体の面積の約四分の一の市町村に集中し、残りの四分の三の面積を占める市町村に人口の一割が散らばって住んでいるので、そこでは一平方キロメートルあたりの人口が四人程度でしかないという危機的な過疎化に苦しんでいるのです。そんな角度から眺めてみるのも、物語の奥行きを深く感じ取る助けになるのではないでしょうか。

小説は本書が二冊目ですが、著者のオルドバスは詩集や日記などを含め七冊本を出しており、読者、批評家双方の高評価を得て今後の活躍が期待されている作家です。文中のあちこちに聖書、古典、ミステリなどが引用されていることにもお気づきでしょう。郷土色もふんだんに盛り込まれています。旅立つ人に天使が歌って聞かせているのは、フラメンコのルーツとも言われるアラゴン州の伝統的な舞曲、「ホタ」なのかもしれません。雌鶏《めんどり》のペピトリアソースというのは、アーモンドと茹《ゆ》で玉子の黄身を使った、クリーミーで濃厚なワインソースで鶏肉を煮込む伝統的な郷土料理です。まだまだご紹介したいのですが、紙幅が尽きてしまいました。不可思議な味わいの世界にひたって読後の余韻《よいん》を響かせながら、ひとりで生きるということ、親身に話を聴くということ、救いのないなかで幸せでいるとは何を指すのかなどにも思いをめぐらせて、この本をどうか心ゆくまで楽しんでいただけますように。

天使のいる廃墟

著　者　フリオ・ホセ・オルドバス
訳　者　白川貴子

2020年6月12日　初版

発行者　渋谷健太郎
発行所　（株）東京創元社
〒162-0814　東京都新宿区新小川町1-5
電話　03-3268-8231（代）
URL　http://www.tsogen.co.jp
装　画　若林哲博
装　幀　岡本歌織（next door design）
印　刷　精興社
製　本　加藤製本

乱丁・落丁本は、ご面倒ですが小社までご送付ください。
送料小社負担にてお取替えいたします。

ISBN978-4-488-01104-8 C0097